Abschied

eine Novelle von
Peter Pfeifer

Wenn Sie mir nicht glauben, dass Sie nur
Luftblasen reden, halten Sie den Kopf unter Wasser und sprechen ein paar Worte.

Dieses Buch ist allen Verlierern gewidmet. Verlierer gibt es bei Spielen. Das Leben ist aber kein Spiel und deshalb gibt es auch keine Verlierer.

Aquarell von Dunja

Herstellung und Verlag:
BoD – Books on Demand, Norderstedt
ISBN: 978-37448-9753-2

Eigentlich, dachte ich, sei es blöde aus dem Leben zu scheiden. Nicht wegen so was. Nicht heute Abend, dem 03.09.1999.

Ich saß auf der Couch. Die Wohnung hatte nur ein Zimmer und je ein kleinen Raum für Bad und Küche. Das Zimmer sah aufgeräumt aus. Die Möbel waren aus Astkiefer und noch neu. Ein Kleiderschrank und ein Bücherregal standen sich gegenüber an den Seitenwänden. An der Stirnseite des Raumes lehnte ein Tisch, mit der schmalen Seite zur Wand. Um den Tisch herum gab es drei Stühle. Die Stühle beschlagen mit einem dezent gemusterten Stoff. Sauber, alles sauber, dachte ich. Den Boden hatte ich erst vorgestern gewaschen. Er wirkte ebenso neu wie die Wände mit ihren weißen Raufasertapeten. Als wären sie eben erst gestrichen worden! Und das obwohl ich Raucher bin und schließlich schon seit einem halben Jahr hier wohne. Doch etwas an diesem Raum störte mich.

Mir taten alle Glieder weh und mein Kopf schmerzte.

Hubertusstraße sieben, mitten im Herzen der Stadt. Meine Wohnung befand sich im fünften Stock des kleinen Hochhauses. Die

Mitmieter redeten mit mir, aber meistens nur aus Neugier. Sie wollten wissen wer ich war und woher ich kam. Was ich arbeitete und so weiter. Bevor ich in die Hubertusstraße gezogen bin habe ich in der Ursulinen Straße gewohnt. Ebenfalls ein fünfstöckiges Hochhaus, die Wohnung vom Sozialamt gesponsert. Es gab dort allerlei Gesindel. Vom Penner bis zum Vorbestraften war alles dabei. Stadtbekannt dieses Haus. Einmal als ich abends etwas später nach Hause gekommen bin, kam mir gleich ein ganzer Polizeitrupp im Eingangsflur entgegen. Musste wohl gerade eine Fahndung gewesen sein.

Wie lange konnte ich wohl noch diese Schmerzen aushalten. Ich ging in die Küche und nahm mit einem Glas Wasser eine Tablette ein. Sollte ich vielleicht die ganze Packung Tabletten auf einmal einnehmen?

Ich dachte an meine Freundin. War sie die Ursache? Nein, sie war nicht wirklich schuld. Wir beide waren schuld. Ich liebte sie. Damals wie heute. Zwölf Jahre ist das nun schon her und ich liebte sie immer noch.

Ich nahm die Tabletten alle aus der Packung. Sie waren in Silberfolie eingepackt. Je zehn auf einem Plättchen und insgesamt fünf Plättchen. Also fünfzig Tabletten. Würde das reichen? Was würde geschehen? Es waren Psychopharmaka. Wahrscheinlich würde ich Müde werden und dann wie gelähmt. Ich bekäme vielleicht einen Krampfanfall und hätte unendliche Schmerzen. Vielleicht für Stunden. Zittrige Hände, Schweißausbrüche, Angst. Aber der Tod, er würde nicht so schnell eintreten. Man hatte daran gedacht und diesen Fall mit eingeplant. Ich fuselte die Tabletten wieder in die Schachtel.

Man stelle sich einen Psychiater vor – in einem Raum, kahl und kalt. An einem Tisch mit glatter Politur, an der Wand ihm gegenüber ein halbdurchlässiger Spiegel, sein Patient im Raum dahinter. Auch er sitzt an einem glatt polierten Tisch. Vor sich einen weißen leeren Schreibblock. Ein teurer Füllfederhalter – ein Psychiater. Sonst nichts im Zimmer, außer an der Wand ihm gegenüber, noch ein Spiegel. Der Spiegel über normal groß, von ihm aus durchlässig. Der Raum hinter dem Spiegel kahl. Auch hier ein Mann, ein Spiegel, groß, halbdurchlässig, dahinter ein Raum, ein Tisch. Würde man das ganze von oben betrachten, könnte man sehen, das die Räume in sich gebogen sind, nur leicht, so das man es von innen nicht so sehr bemerkt. Ein Raum, ein Spiegel, ein Psychiater. Immer so weiter, schließlich im Kreis herum. Und am Ende?

Der letzte Patient in der Folge ist der Psychiater hinter dem Spiegel des ersten Patienten – was steht auf den Blöcken?

Verrückt, dachte ich – du bist verrückt!

Das Regal in meiner Wohnung stand voll mit Büchern. Es mochten etwa dreihundert sein. Philosophie, Psychologie, Germanistik, Mathematik, Informatik, Wirtschaftswissenschaften – von allem etwas. Ein Lexikon, fünfundzwanzigbändig, Die große Enzyklopädie:

Subjekt-Objekt-Problem: zentrales Problem der Erkenntnistheorie und des abendländischen Denkens überhaupt, das in der Frage besteht, wie die prinzipiell zweigliedrige Relation zw. (erkennendem) Subjekt und (zu erkennendem bzw. erkanntem) Objekt (Gegenstand) zu bestimmen ist sowie ob und ggf. inwieweit das Subjekt im

Erkennen aktiv Einfluss auf das Objekt nimmt und dieses somit verändert.

Mir war schwindlig von den vielen Gedanken. Ich zog kraftlos meine Kleidung aus, ging auf die Toilette, ein bisschen Wasser ins Gesicht, zu gestresst und zu müde zum Zähneputzen, zurück ins Zimmer, ins Bett. Schlafen.

2

Kring, Kring – Kring, Kring! Der Schmerz im Kopf war weg, doch das Leuten der Haustürklingel dennoch unangenehm. Der Postbote: „Guten Morgen, ein Einschreiben, bitte hier unterzeichnen, danke, auf Wiedersehen."

Der Absender: die Justiz Behörden. Ich schmiss den Brief auf den Tisch. Wasser in die Kanne, Kaffee kochen. Pulver Kaffee. Eine Tasse Kaffee, eine Zigarette, noch eine Tasse Kaffee, noch eine Zigarette. Nach einem Liter Kaffee und einem halben Päckchen Zigaretten der Brief.

Die Staatsanwaltschaft hat beim Landgericht beantragt dem Betroffenen eine Speichelprobe zum Zwecke der Identitätsfeststellung in künftigen Strafverfahren mittels DNA Analyse anzuordnen.

Es hat nie eine Tat gegeben, es wird auch keine Tat geben. Das kann man mitmachen. Mulmig wird es einem dann aber doch. Man stelle sich einmal vor in zehn oder zwanzig Jahren ist dieses Land nicht mehr das, was es jetzt ist, kein Rechtsstaat, eine Diktatur! Was wird dann mit den Speichelproben geschehen?

Und - was haben wir jetzt schon für einen Staat? Ein Land in dem die Leute den wählen der im Fernsehen gut weggekommen ist? Nein! Nicht weiter denken, der Kopfschmerz, er wird wieder kommen. Etwas anderes tun. Ablenken! Nicht weiter und weiter denken! Schließlich schien die Sonne draußen!

Ich bin kein Freund von heißen Tagen, aber es war Herbst und der laue Spätsommertag war angenehm. Nicht zu heiß und nicht zu kalt. Und es war erst kurz vor Mittag. Man konnte noch etwas mit dem Tag anfangen.

Ich ging zu Fuß. Von der Hubertusstraße bis in die Altstadt waren es etwa zwanzig

Minuten. Der Weg ist unangenehm, lärm, Autos, Motorräder, Straßenbahn, viele quasselnde Menschen. Was soll's!

„Einen Kaffee?"

Der Kellner schien noch zu faul um einen ganzen Satz zu formulieren. ‚Einen Kaffee?', wie kann man seine Kunden so dreist behandeln? Und wenn ich am Tag dreimal in dieses Café käme, müsste er auch dreimal ordentlich nach meinen Wünschen fragen. Na, was soll's, aber so sind sie. Ich denke immer, wenn's ums Reden hinter meinem Rücken geht, da bekommen sie die Zähne auseinander. Aber ordentlich eine Bestellung aufnehmen, das ist dann doch zu viel verlangt.

Das Reden hinter meinem Rücken - katastrophal. Es scheint, dass alle über alles reden aber keiner mit mir. Und mir glaubt niemand, dass sie reden.

Man sieht es Ihnen an den Augen an, ja wirklich. Ihre - geöffneten - Pupillen verraten sie. Dafür, dass die Pupillen eines Menschen geöffnet sind gibt es nur eine Hand voll Gründe: wenn wenig Licht einfällt, wenn der Mensch Drogen genommen hat, wenn er ängstlich ist, oder wenn er interessiert an etwas oder jemanden ist.

Die ersten drei Gründe kann ich ausschließen, da wie jetzt, morgens genug Sonne scheint, ihre Pupillen aber trotzdem geweitet sind, auch wenn sie dreist sind, sie nicht unter Drogen stehen würden und Angst vor mir eigentlich auch niemand ernsthaft hat.

Sie kennen mich schon lange - auch vor meiner Zeit im Maßregelvollzug – eine lange Zeit in der Sie mich sicherlich gründlich geprüft haben. Bleibt also nur noch das Interesse.

Aber woran könnten sie Interesse haben? Vielleicht an dem was sie über mich zu wissen glauben? Doch dieses Wissen scheint nichts Gutes – Vorurteile.

Reden. Was reden sie? Nicht wirklich wichtiges. Ich denke Sensations- und Blutrünstiges. Denn die Leute reden nicht über den Mann der gestolpert ist, sondern Sie reden über den Mann, der in den Fluss gefallen ist. Und das leider manchmal auch immer wieder und immer wieder!

Dennoch bleiben diese Gedanken irgendwie quälend. Denn obwohl dass mit den Pupillen einsehbar ist könnte der Schluss daraus am Ende doch völlig falsch sein. Dass sie reden wäre eigentlich nur wirklich bewiesen, wenn tatsächlich alle zugeben würden dass sie es tun. Reden sie nun oder reden sie nicht?

„Kaffee"

Genauso pampig wie die Bestellung, die Lieferung.

„Danke", warum sage ich überhaupt noch Danke?

Der Maßregelvollzug – ich beschloss heute nicht wirklich darüber nachzudenken. Nur so viel, der Maßregelvollzug ist eine Gerichtliche Psychiatrie, einerseits also ein Krankenhaus, andererseits aber auch ein Gefängnis.

Den Kaffee trank ich dann doch noch mit einem bisschen Frohmut - weil sie Musik spielten die mir gefiel. George Michael – Face. Das kommt zwar selten vor, aber heute mal schöne Musik.

„Ich möchte bezahlen"
„Eins achtzig"
„Stimmt so"
„Danke"

Kaum zwanzig Meter von dem Café entfernt ein bekanntes Gesicht in der Menge – auch einer der im Maßregelvollzug gesessen hatte.

„Hallo Heinrich", rief ich ihm zu.
„Hallo, Manfred", ach ja, ich heiße Manfred.
„Wo gehst du hin", fragte er ziemlich direkt aber es wunderte mich nicht, weil er einer ist, der sehr ungeduldig ist.
„Ich wollte noch ins Schuhgeschäft"
„Ah ha!" und unvermittelt: „Hast du wieder eine Arbeit?"

Ja, ja die Arbeit, dachte ich. Die Firma die mich nach dem Maßregelvollzug eingestellt hat, hat mich nicht lange behalten. „Nein", sagte ich. „Ich bin immer noch arbeitslos. Vielleicht versuch ich über das Internet irgendwas zu machen." Und während ich dies sagte drangen nervend aus dem Hintergrund Wortfetzen wie „Hör auf, sei ruhig" und wieder „hör auf, sei ruhig!"

Bildete ich mir das nur ein? Ich fühlte mich unwohl.

„Hörst du das auch Heinrich?"

„Was?"

Sie sagen „hör auf, sei ruhig"

„Ich höre nichts, was ist los mit dir?"

„Weiß nicht. Ich hör das, wirklich."

„Wie geht es deiner Mutter?" fragte er ohne auf mich einzugehen.

„Gut!", sagte ich aber er wollte wohl schon wieder weiter.

„Wir telefonieren", sagte er.

„Tschüss", sagte ich

„Tschüss", erwiderte er.

’Hör auf, sei ruhig, hör auf, sei ruhig’, sagen sie das wirklich oder sind es nur Gedanken, vielleicht Gedankenübertragung?

„Ich brauche Winterschuhe."

Früher ging ich gerne Einkaufen. Mit der Freundin im Arm, zogen wir an den Schaufenstern vorbei und nicht nur das ich die schönste Frau von allen im Arm hatte, wir beide kleideten uns auch schön und es hat uns Spaß gemacht uns schön zu machen.
Die Schuhe kosten achtunddreißig Mark.

Sie haben nur braune Schuhe von der Sorte die ich will. Verunsichert frage ich die Kassiererin ob braune Schuhe zu schwarzen Hosen passen. Sie antwortet, also ihrem Mann würde sie dies nicht empfehlen.

Wieder die weit geöffneten Pupillen! Ich verlasse fluchtartig das Geschäft. Ich gehe nach Hause.

3

Was stört mich bloß so an diesem Raum? Alles ist neu, alles ist schön – aber irgendetwas störte mich!

Nach dem Maßregelvollzug habe ich insgesamt zwei Jahre gearbeitet. Mein Beruf ist Programmierer. Ich hab nicht schlecht verdient: dreitausend Mark netto. Davon habe ich in den zwei Jahren fünfzehntausend Mark gespart. Zehntausend hat die Einrichtung gekostet, mit den restlichen fünf Tausend hab ich alte Schulden auf meiner Bank beglichen. Also, immerhin eine neue Einrichtung, natürlich kein Luxus aber eigentlich hab ich mir so eine, wenn auch einfache Einrichtung, schon immer gewünscht. Doch!?

In der Wohnung Ursulinen Straße, also in der Wohnung vor dieser Wohnung waren Kakerlaken im Haus gewesen, ja sogar im Zimmer - dem einen Zimmer aus dem die ganze Wohnung bestand. Man muss sich das einmal vorstellen. Man teilt sich ein fünfzehn Quadratmeter großes Zimmer mit zwanzig Kakerlaken. Ich hab mich geekelt und doch - irgendwie war es dort mit den Kakerlaken wie in einem Leben unter der Brücke und ich hätte nichts dagegen gehabt, wenn ich unter meiner Brücke einfach kaputt gegangen wäre.

Und jetzt hier. Nichts deutet auf „die Brücke" hin, ganz im Gegenteil. Aber was soll das alles, allein, nur ein irgendwie geartet „Interessanter" für die Leute. Und für die angeblichen Helfer, also Psychologen, Richter oder Bewährungshelfer allenfalls so etwas wie ein Versuchskarnickel – nun ja, dass vermute ich jedenfalls.

Ich hatte vor langer Zeit ein gutes Leben. Ein gestandener Mann. Ich hätte jeden am Kragen gepackt, der mich irgendwie angegriffen hätte – aber nach dem Maßregelvollzug?

Einer der schlimmsten Tage dort, an die ich mich erinnere: Ich war etwa vier Monate im Vollzug, da hieß es am frühen Abend von Mitgefangenen – mit einem davon hatte ich mich etwas angefreundet – sie würden ein Essen kochen, ob ich mitessen wolle. ‚Warum nicht', dachte ich mir und sagte zu.

Im Maßregelvollzug hat jeder Trakt eine eigene Küche. Die Insassen dürfen Sie zum kochen benutzen, wenn hinterher wieder alles sauber gemacht wird. Es gab eine Art Gemüse Lasagne, hat nicht einmal schlecht geschmeckt. Aber die Wirkung!

Ich hatte schon seit einiger Zeit abends vor dem Einschlafen eine Art Halluzinationen, etwa so wie kurze Filme. Das war zunächst einmal eine Sache die unabhängig war von dem Essen das es gegeben hat, doch an jenem Abend übertrafen die Halluzinationen alles bisher da gewesene.

Während die Halluzinationen sonst in kurzen Szenen thematisch wechselten, gab es diesmal eine durchgehende Handlung. Eine sexuelle Fantasie. Akteure waren ich und die Fernsehsprecherin Martina Ekelig. Wir trieben es miteinander. Das besondere und abscheuliche dabei – auf dem Höhepunkt des Geschlechtsaktes riss mir Frau Ekelig die Gedärme aus dem Leib und aß diese auf. Und genau in diesem Moment im Maßregelvollzug wurde mir kotz übel.

Ich schaffte es dort gerade noch so auf die Toilette, erbrach mich, versaute das Ganze Klo, bekam schließlich noch extremen Durchfall und so ging es nach hinten und nach vorne gleichzeitig los, ich glaube ich hatte danach noch nicht ein Gramm unverdautes mehr in mir. Mir wurde schließlich so übel, dass ich – und ich glaube eigentlich nicht an Gott – ein ernst gemeintes Stoßgebet von mir gab: „Lieber Gott, nicht jetzt und nicht hier".

Sicher hatte dieses Essen ganz gewaltig zu den Folgen beigetragen – und nicht etwa der Ekel durch die herausgerissenen Gedärme - aber manchmal sind die Dinge schwer auseinander zu halten. Man ist im Gefängnis! Dort ist alles möglich – vielleicht spürt man nachts etwas Schmerzendes in der Magengegend und wird dann wach und stellt fest, dass man ein Messer im Bauch hat. Man kann jemanden der im Gefängnis sitzt eben nicht damit drohen ihn ins Gefängnis zu sperren.

Ich ging zu Bett.

4

Kring, Kring – Kring, Kring! Aufstehen, der Postbote. Diesmal kein Einschreiben. Er kam nicht die Treppe hoch. Wollte wohl nur unten an den Briefkasten, der im Flur hing.

Wasser in die Kanne, Kaffee kochen. Pulver Kaffee. Eine Tasse Kaffee, eine Zigarette, noch eine Tasse Kaffee, noch eine Zigarette

Ich muss wirklich fast einen Liter Kaffee trinken bis ich wach bin. Komatische Zustände jeden morgen.

Tatü, Tatü, Tatü, Tatü – auch so ein Thema. Fast täglich das gleiche. Irgendwann nach dem Aufstehen – Polizeisirenen. Was ist da bloß immer los?

‚Was mach ich heute?'

Ich zog die Trainingshose und das T-Shirt in denen ich geschlafen hatte aus, ging ins Bad, drehte die Dusche auf und stellte mich unter das Wasser. Ich dusche gern

18

und meistens lasse ich zehn oder fünfzehn Minuten einfach nur das warme Wasser über mich laufen und genieße das Rieseln und Plätschern. Dann gründlich einseifen, abwaschen, raus aus der Dusche und abtrocknen.

Heute ist mal wieder etwas Schickes dran.

Frische Unterwäsche, ein frisch gebügeltes Hemd, Bundfaltenhosen, Schlips und Lackschuhe. Sieht nicht gerade nach einem Penner aus – oder?

Ich fahre mit der Straßenbahn. Keine Fahrkarte. Wird hoffentlich niemand kontrollieren. Zwei Stationen weiter steige ich aus, ist noch mal gut gegangen.

Ich laufe durch die Altstadt. Es ist zehn, halb elf. Mäßig Leute unterwegs. Ich setzte mich auf einen Stuhl draußen, vor einem Café. Es ist warm genug. Zwar scheint die Sonne nicht wie gestern, aber immer noch recht mild.

„Kaffee?"
„Ja, danke", was soll ich sonst sagen?

Dreißig Meter weiter, am Brunnen – ein schöner Steinbrunnen mitten in der Altstadt – fünf, sechs verwahrloste Punker.

Wir leben Ende des zwanzigsten Jahrhunderts! Punker? Das war in den Siebzigern, wenn ich mich recht erinnere. Was machen die hier? Was machen Punker hier? Ich verwerfe die Gedanken wieder. Die schlechte Musik, die nach außen dringt aus dem Café hinter mir bohrt sich nervend in mein Gehirn.

An was hatte ich gerade gedacht?

Der Kaffee ist so stark, das der Löffel bald darin stecken bleibt. Ich zieh mir die pechschwarze bitter schmeckende Brühe nur wieder willig rein, aber irgendwie muss es sein.

Ich rauche noch zwei, drei Zigaretten, dann fängt der Kopf wieder an zu arbeiten. Als würden die Nervenbahnen im Hirn wie Schlingpflanzen in einem Dschungel immer weiter und weiter auswuchern, größer und größer werden und sich schier endlos nach allen Seiten ausbreiten. Ich zahle, gehe wieder.

Ich muss etwas Süßes essen. Überwinde mich zwei Nussplunder zu kaufen. Wenig Geld, seit ich arbeitslos bin, da muss man jeden Pfennig dreimal umdrehen bevor man ihn ausgibt.

Na, ja, Nussplunder kaufe ich mir eigentlich öfter. Am Ende hat mein Geld doch immer gereicht. Dann verzichtet man halt auf etwas anderes. Wird schon gut gehen.

Ich setze mich ins Restaurant vom Warenhaus. Dort fällt es nicht so sehr auf, wenn man nichts trinkt. Ich esse meine beiden Nussplunder, rauche – dann noch so ein Problem, das ich nicht gelöst bekomme: ein Doppelgänger von jemand anderem läuft ins Restaurant hinein.

Ich habe es aufgegeben mich dagegen zu wehren. Bewährungshelfer, Psychologen, Polizei – keiner will mir glauben dass hier in der Stadt massenhaft Doppelgänger herumlaufen. Also im laufe der Jahre wahren es mindestens zweihundert. Die Stadt hat hundert und fünfzigtausend Einwohner. Das wären dann etwa ein Promille Doppelgänger – also, das halte ich für Statistisch unmöglich, ich meine dass soviel Doppelgänger auf diese Einwohnerzahl kommen.

Denkt man weiter, muss es doch so sein, dass diese Menschen von irgendwo anders hergeschafft werden – und das bedeutet, das es jemanden gibt, der die Fäden zieht.

Es kommt jemand auf mich zu. Ein Bekannter. Ein Italiener, ein anderer den ich aus dem Maßregelvollzug kenne. Ein Sonderling. Ich grüße. Er wiederwillig zurück.

„Arbeit?"

Wahrscheinlich soll es eine Frage sein – ich weiß nicht was ich ihm antworten soll.

„Nein", sage ich nach ein paar Augenblicken.

Einem Bekannten hatte ich wegen dieser Art der Kommunikation – aber auch wegen anderem – die Freundschaft gekündigt. Es war zum Schluss gar so, das wir Abends in der Kneipe saßen und er alle fünf Minuten

„Frauen?"
„Wohnung?"
„Arbeit?"
usw. „Fragte", worauf ich solch einen Stress im Kopf bekam – was soll man auf so ein hin geworfenes Wort denn antwor-

ten? – das mir dieses Treiben eines Tages einfach zu viel wurde.

Ich sage dem Italiener mehr oder weiniger unfreundlich, dass ich gehen müsse.

Ich verlasse das Restaurant.

Auf dem Weg nach Hause kaufe ich mir eine Tiefkühlpizza.

Zuhause mache ich sie warm und esse sie dann. Man hat den Eindruck man kaut auf Gummi oder Textilien oder auf irgendetwas chemischen herum. Mir wird schlecht von der Pizza.

Ernsthaft: etwas muss sich ändern. Ich beschließe kochen zu lernen. Wirklich ich will kochen lernen.

5

Kaum zu glauben, es hat geklappt. In den darauf folgenden zwei Wochen habe ich mir Kochbücher ausgeliehen, Rezepte zusammengestellt, Lebensmittel aufgelistet, Einkaufspläne erstellt und dieses und das ausprobiert. Angefangen von einfachen Gerichten, die ich mir teilweise selbst ausgedacht habe, bis zu so illustren Menüs wie Hirschbraten mit Semmelknödel und Rotkraut war so ziemlich alles dabei was ein Durchschnittshaushalt auf den Tisch bringt.

Ich war zufrieden. Ein angenehmer Nebeneffekt: Ich kann so rund hundert Mark pro Monat sparen, was bei meinem kleinen Arbeitslosengeld sehr gewichtig ist.

Danach jedoch die alten Probleme. Wie man meinen sollte weniger, stattdessen umso mehr.

Es war einfach die Freundin die mir fehlte. Und nach jedem Erfolg, kommt deshalb sofort die Depression. Zu zweit ist nicht nur geteiltes Leid, halbes Leid, sondern auch geteilte Freude doppelte Freude. Doch wem sollte man das erzählen? Wir waren jetzt schon seit zwölf Jahren getrennt. Das versteht selbst der gutmütigste Zuhörer nicht mehr – es ist zu lange her um einem Außenstehenden glaubhaft zu machen, das man selbst nach dieser langen Zeit dieselben Gefühle, so real wie damals hat.

Es hängt natürlich damit zusammen, dass diese Frau für mich unersetzlich war. Jeder

Mensch ist einzigartig. Keine andere Frau würde so lachen, so weinen, sich so verhalten wie sie. Und keine andere hat siebeneinhalb Jahre mit mir zusammen gelebt.

Susanne, so hieß sie, habe ich kennen gelernt, da war Sie sechzehn Jahre alt, ich zwanzig. Wenn wir uns auch damals schon als Erwachsene gefühlt haben, so waren wir aus heutiger Sicht doch sehr junge Menschen. Und so sind wir zusammen etwas älter geworden. Das ist eine Entwicklung und zwar eine Gemeinsame.

Die Nähe und Intimität von uns beiden war dadurch unvergleichbar größer als die von Paaren die sich erst im fortgeschrittenen Alter kennenlernen und allein schon deshalb eine größere Distanz zu ihrem Partner haben.

Doch die Liebe ist auch bei uns gescheitert und so musste ich mich doch lange Zeit fragen, worauf sich Liebe eigentlich gründet? Ich bin kein Philosoph, kein Dichter und kein Denker und so kann ich nur andere Quellen zitieren. Ich war nicht müde geworden die Literatur zu durchsuchen bis mir eine plausible Beschreibung dessen was Liebe ist in die Hände gefallen ist:

Als Bindungsgefühl stützt sich die Liebe auf das Für-einander-da-Sein, das Zärtlichkeit, Güte, Wohlwollen einschließt. Der Trennung in Individuen wird durch die Bindung von Individuen entgegengewirkt. Der geliebte andere wird zum unveräußerlichen Teil des Selbst; was ihm geschieht, betrifft uns ähnlich oder noch stärker. Die Grundlage der Liebe ist das wechselseitige Vertrauen, das gegenseitiges Verstehen und Opferbereitschaft umfasst. Sie beruht auf beiderseitiger Anziehungskraft, d.h. dem Wohlgefallen am anderen, indem man ihn bejaht und die ungeliebten Einzelheiten verzeiht oder übersieht. Als aktuelles Gefühl grenzt die Liebe an das Wunderbare. Aber diese Erfüllung kann nur zeitweilig sein. Die Stabilität einer Beziehung beruht auf der Wandlungsfähigkeit der Bindungsgefühle. Da die Verliebtheit vergänglich ist, gewinnen Interessengemeinschaft, gemeinsame Zielsetzungen, geistige Gemeinsamkeiten die Oberhand. Liebe ist deshalb auch eine Aufgabe. Sofern dies von einem oder beiden übersehen wird, bleibt die Erfüllung in der Verbindung aus.

Susanne und ich sind an diesem letzten Punkt gescheitert. Egal was ich auch versucht hatte, es ließ sich keine Zielsetzung vereinbaren, keine gemeinsamen Aufgaben angehen.

Dennoch stand diese Beziehung ethisch und moralisch weit über dem was sich Menschen – um wieder auf die Gegenwart zu kommen - wie sie jetzt in meinem Umfeld vorzufinden waren unter einer Beziehung vorzustellen scheinen.

Diese Menschen grenzen ab, loten die Schwächen des andern aus und sind ständig Ausschau haltend nach dem egozentrischen Gegenspieler – so wie der Sadist, den Masochist und der Masochist den Sadist braucht.

Woher ich das weiß? Nun, ich weiß es nicht wirklich. Es ist wie mit dem Reden über mich. Ich erkenne es an dem was ich sage, was sie antworten und wie weit ihre Pupillen dabei geöffnet sind. Und daraus ziehe dann meine Schlussfolgerung.

6

„Wie geht's?", fragte Herr Bittermann.
„Danke, gut", sagte ich.

Ich kam mir idiotisch vor. Herr Bittermann war mein Bewährungshelfer. Gar nicht gut ging es mir. Ich sagte ihm aber - und noch dazu mit freundlicher Mine aber wieder-willig - was er wahrscheinlich hören will.

Eingeschliffen hat sich dieses Verhalten im laufe der Zeit im Maßregelvollzug. Es war injiziert durch das dämliche - dämlich weil völlig unangebrachte (wie sollte es einem im Gefängnis schon gehen?) - und ständige Gefrage der Psychologen dort. „Wie geht's?", fünfmal am Tag und hundert und fünfzig Mal im Monat. Immerhin war ich vier Jahre dort gewesen. „Ja gut, danke." Ich konnte selbst bei höchster Konzentrati-on nicht davon ablassen.

„Hier sitzen ein paar merkwürdige Leute", sagte ich. Wir saßen wie immer im Restau-rant des Warenhauses. Dort trafen wir uns etwa einmal im Monat.

„Was für merkwürdige Leute?", fragte Herr Bittermann.

„Doppelgänger von Anderen", sagte ich.

„Willst du einen Kaffee?" fragte Bitter-mann ablenkend weiter.

„Ja, danke. Du weist ja, schwarz, kein Zucker, keine Milch." Wir duzten uns.

Als er gerade beim Kaffeeautomaten war ging einer der paar Doppelgänger die im Restaurant saßen von dem hinteren Teil an mir vorbei nach draußen. Herr Bittermann kam mit dem Kaffee zurück.

„Da ist gerade wieder ein Doppelgänger vorbei gegangen."

„Und ich hab dir schon öfter gesagt", sagte Herr Bittermann, „auf mich sind auch schon Menschen zugekommen, die mich mit jemand anderem verwechselt haben."

„Und wie oft ist dir das passiert? Einmal im Leben?", erwiderte ich, „ich sehe in der Woche zwei Hände voll dieser Doppelgänger."

„Wann gehst du wieder zum Psychologen? Hast du ihm das mal erzählt?", fragte Bittermann.

Mir wurde flau im Magen. Glaubt er mir nicht? Oder wollte er am Ende gar dass ich dem Psychologen etwas nicht erzähle? Was weiß er überhaupt wirklich und was sagt er vielleicht nicht?

Ich versuchte abzulenken. „Das Gericht hat mir geschrieben und um eine Einwilligung zu einer DNA-Analyse gebeten."

„Das ist mir bekannt", sagte Bittermann.

„Ich habe mein Einverständnis erklärt", sagte ich.

„Gut", meinte er.

Wir wechselten noch ein paar Belanglosigkeiten und Bitterkamp verabschiedete sich dann.

Ich trank meinen Kaffee aus und ging dann nach Hause.

„Hallo Mutter.", sagte ich ins Telefon.
„Hallo", erwiderte sie.
„Wie geht es dir?", fragte ich
„Och ja, wie immer und dir?"
„Nicht gut. Ich war mal wieder mit dem Bewährungshelfer zusammen. Er nervt mich." Und etwas gereizt: „Was will der eigentlich immer noch von mir? "

"Ach, rede doch nicht in diesem Ton. Was ist los?", fragte meine Mutter.

„Es ist doch so", sagte ich. „Alles wollen die wissen und tun so als wollten sie einem helfen - aber wer hat mir schon mal geholfen? Ich denke da geht es doch um etwas ganz anderes."

„Tja..."

„Ein ganzes Leben wegen dieser Sache. Die sind schon bald eine Ewigkeit hinter mir her!"

Tatsächlich war ich vier Jahre im Maßregelvollzug gewesen und hatte jetzt eine Bewährungszeit von sechs Jahren, von denen fünf vorüber waren. Und ich hatte kräftig die Nase voll davon. Jeder Mensch braucht sein kleines Geheimnis – ich hatte keines mehr. Gläserner wie es kaum mehr geht. Und ich hätte so gern endlich mal wieder ein Geheimnis. Neben jenen wie dem Bewährungshelfer die von Berufswegen ein Interesse an mir hatten waren andere bis ins Schlafzimmer hinter mir her, was mir wiederum der Bewährungshelfer nicht glaubte. Ehrlich – vom Nachbarhaus aus haben sie mich mit Ferngläsern beobachtet.

„Ist doch wahr", sagte ich meiner Mutter.

„Machen wir Schluss für heute. Tschüss bis zum nächsten Mal!"

„Tschüss", verabschiedete sich auch meine Mutter.

Es viel mir schwer an diesem Abend einzuschlafen. Bilder im Kopf, eines nach dem andern. Menschen die ich nicht kannte aber so deutlich wie auf einem Foto. Einer nach dem anderen, Frauen, Männer, Kinder immer wieder und immer wieder. Irgendwann schlief ich dann doch ein.

7

Ich wachte auf und es war still. Kein Ton. Es war totenstill. Ich stand auf, schaute auf die Uhr: halb sieben. Ich musste abends wohl so gegen neunzehn Uhr eingeschlafen sein. Ich hatte also fast zwölf Stunden geschlafen.

Der Kopf war klar, extrem klar. Kaffee, Zigarette, Kaffee, Zigarette, dasselbe wie immer – trotzdem anders wie sonst. Eben klar im Kopf. Das könnte ich mir für immer wünschen.

Keine Wehmut, keine Trauer, keine Aggressivität, keine Angst. Irgendwie absolut klarer Verstand, in sich ruhend. Man möchte dass es nie wieder aufhört.

So hab ich mich früher eigentlich immer gefühlt.

„Wie geht's?", hatten die Leute gefragt und ich hatte geantwortet: „gut, wie immer".

Heute ist es auch so und ich fühle mich so gut, dass mir spontan eine Idee kommt. Vielleicht sollte ich mal versuchen unter andere Menschen zu kommen?

Kurzentschlossen ein Blick ins Telefon-buch. Kulturamt, dort müsste ich fündig werden. Ein Anruf bei der Auskunft und ich hatte die Adresse.

Doch zuerst mal ordentlich Frühstücken. Der Bäcker war gleich um die Ecke, so dass fünfzehn Minuten später die Brötchen auf dem Tisch waren. Ich frühstückte gut-gelaunt.

Als es draußen richtig hell geworden war machte ich mich auf den Weg zum Kultur-amt.

Dort traf ich dann einen freundlichen Herrn, der mir erst einmal geduldig zuhör-te. Ich bräuchte eine Art Verzeichnis von allen Veranstaltungen, Vereinen und Kultur-Events in der Stadt.

Kaum gesagt wusste dieser auch schon wie er mir weiterhelfen konnte. Er verschwand kurz in einem Nebenzimmer und kam zurück mit einem dicken Ring-Buch-Ordner.
.

„Das können sie mitnehmen", meinte er, „darin finden sie alles was die Stadt kulturell zu bieten hat" und schob noch hinterher, „viel Spaß damit".

Das Essen kochen ließ ich ausfallen, vielmehr beschloss ich mir zur Feier des Tages, einen Kebab im Imbiss zu leisten. Ich war zufrieden und der Kebab schmeckte gut, ja sogar ein bisschen besser als mir sonst der Kebab schmeckte.

Ich blätterte den Ordner nachdem ich den Kebab gegessen hatte in einem Café sitzend sorgfältig durch und es dauerte auch nicht lange bis ich etwas Geeignetes gefunden hatte: eine Tages- und Begegnungsstätte für psychisch Kranke. Kurz entschlossen rief ich vom Telefon des Cafés aus an und fragte ob ich mal vorbeikommen könnte und was der Kaffee bei ihnen kosten würde. Siebzig Pfennig! Und sie

34

hatten heute Mittag offen. Besser konnte es gar nicht laufen. Ich bezahlte meinen Kaffee und machte mich auf den Weg zu dieser Tagesstätte.

Das Haus lag ganz in der Nähe. Ich hatte es schnell gefunden und klingelte, wenn ich ehrlich bin schon ein wenig aufgeregt. Was käme da wohl auf mich zu? Ich wurde schnell beruhigt.

Sehr sauber, außerordentlich rein der erste Eindruck. Geschmackvoll eingerichtet und auf mehrere Zimmer verteilt. Viel größer als ich mir so etwas vorgestellt hatte.

Eine Frau kam freundlich lächelnd auf mich zu – die Sozialarbeiterin. Sie führte mich herum, zeigt mir alles. Wir setzten uns in ein Nebenzimmer und ich erzählte ihr von mir, von Susanne und dem Maßregelvollzug. Später trank ich noch einen Kaffee und verabschiedete mich dann.

Alles in allem ein gelungener Tag.

8

Fast immer nach so einem schönen Tag wie gestern, mit dem guten Gefühl und der

Entdeckung der Tagesstätte bekomme ich
schon am nächsten Tag die Rechnung. So
wachte ich am späten morgen auf, zerfah-
ren, müde und nervös gleichzeitig. Eine
halbe Packung Zigaretten und fast ein Liter
Kaffee gingen drauf bis ich nur einigerma-
ßen einen klaren Gedanken fassen konnte.

Ich rief meine Schwester an.
„Hallo Birgit, wie geht's?"
„Wut das weist du doch:"
Mir schoss das Entsetzen wie tausend ver-
giftetet Pfeile in den Verstand. Nur mit
Mühe brachte ich die nächsten Worte her-
aus.
„Wie soll ich das verstehen? Wut, das
weist du doch?"
„Gut", sagte sie, „ich sagte gut"
„Also Birgit, bitte, wenn du mich verar-
schen willst, dann hören wir besser auf..."
„Also gut hören wir auf", keifte sie zurück.
„Du rufst mich doch an, nicht ich dich.
Und wenn ich gut sage und du Wut ver-
stehst, dann ist das deine Sache und nicht
meine!"

„Tschüss", sagte ich wütend und legte auf.
Ich hatte mit Zwölf mal einen Psychothril-
ler gesehen. Da ging es in etwa genauso zu.
Eine Frau wurde systematisch verrückt

gemacht. Dinge geschahen, die einfach nicht sein konnten. So hat Sie eine Leiche gesehen, die Stunden später quick lebendig durch die Gegend lief. Na ja, das ist zwar nicht ganz vergleichbar aber meine Schwester hat ‚Wut' gesagt, ‚Wut und nicht ‚gut'.

Wenn ich das meinem Psychiater erzähle, er wird es mir nicht glauben. So wie man der Frau in dem Psychothriller nicht geglaubt hat.

Schlimmer als das sie es macht ist doch die Frage warum meine Schwester das tut? Und gerade heute? Hat sie gerochen, dass ich schlecht aufgestanden bin?

Sie hat doch ‚Wut' gesagt? Wirklich ‚Wut' statt ‚gut'? Oder hat sie ‚gut' gesagt?

Was speichert man nach so einem Gespräch? Den Inhalt? Oder das Ergebnis? Wo ist der Inhalt? Ich kann ihn einfach nicht mehr richtig abrufen! Hat Sie ‚gut' gesagt. Sie hat ‚Wut' gesagt, ganz sicher!

9

Es gibt zwei Dinge vor denen ich wirklich Angst habe. Das eine sind Panikattacken, dass Andere, wenn ich den Eindruck habe jemand war heimlich in meiner Wohnung. Zum zweiten komme ich später.

Panikattacken hatte ich zum ersten Mal im Maßregelvollzug. Ich kann es heute noch nicht genau beschreiben. Es ist ein Gefühl der Angst. Allerdings sitzt das Gefühl nicht nur im Kopf, sondern auch im Körper. Es kann sich ausbreiten und steigern bis zu einer Art Lähmung. Im Kopf ist es, als sei der Verstand wie in Beton gegossen, Beton, der das denken fast vollständig blockiert - bis auf einen Gedanken: das muss doch alles einen Grund haben. Hat mir da vielleicht jemand etwas in mein Getränk gemischt?

Wenn Menschen in der Nähe sind fühlt man sich von ihnen übertrieben ernst angeschaut und hat gleichzeitig den Eindruck sie lachen einem aus. Und wäre das alles nicht genug hat man ständig das Bedürfnis urinieren zu müssen und das wird allmählich so groß, dass selbst wenn man es irgendwo aufs Klo schafft, ein beklemmendes Gefühl zurück bleibt.

Ich habe bei solchen Panikattacken schon Bekannte und Psychiater angerufen. Keiner kam vorbei um mir zu helfen.

Ja, mit diesem Gefühl des gelähmt seins, waren aber auch reale Ängste verbunden, die gerade erst deshalb richtig Gestalt annahmen, man könnte auch sagen bewusst wurden.

Im Maßregelvollzug z.B. die Erkenntnis hier wohl nicht mehr schnell herauszukommen. In der Zeit danach die Erkenntnis, kein normales Leben mehr zu haben. Endstation fünfzehn Quadratmeter Zimmer mit zwanzig Kakerlaken drin die sich ständig vermehrten.

Man hat mir im Maßregelvollzug glaubhaft vermittelt, dass die Angelegenheit unter Umständen mein ganzes Leben dauern könnte. Von Seiten meiner Mitpatienten – die ständig davon redeten hier schon seit zwanzig, manche dreißig Jahren zu sein und von Seiten der Ärzte. Der Leiter des Maßregelvollzug kam selbst zu mir – in Gefolgschaft aus Pflegern, Psychologen und Sozialarbeitern – kurz nach Neujahr, also als ich etwa drei Monate dort war und sagte: „Herr Ehrlich", ach ja, so heiße ich mit Nachnahmen, „Herr Ehrlich, ich habe eine gute und eine schlechte Nachricht für sie. Welche wollen sie zuerst hören?"

Ich sagte: „Die Gute."

Er sagte: „Wir haben ein neues Jahr."

„Und die schlechte Nachricht?", fragte ich.

„Ja", meinte er, „so wie die Dinge Aussehen müssen sie wohl ein Leben lang hier drin bleiben." Dreht sich auf dem Absatz um und verschwand mit den Anderen aus meinem Zimmer dort.

Der erste Eindruck ist der bleibende. Ich habe noch am Tag meiner Entlassung aus dem Maßregelvollzug damit gerechnet – das war, wie schon erwähnt, vier Jahre danach – dass mich auf dem Weg hinaus, durch die Gittertüren, Schleusen, Stahlzäune und aus dem gesamten Klinikgelände plötzlich jemand festhalten würde und alles nicht wahr wäre, ein Bluff sei.

Erst als ich im Herzen der Stadt aus dem Zug stieg, mit der Straßenbahn in die Ursulinen Straße fuhr, dort ankam und eine Nacht da geschlafen hatte, fing ich langsam an zu glauben, dass die Sache mit dem Maßregelvollzug tatsächlich eine Ende hat.

Doch damit hörten die Panikattacken nicht auf. Schlimmer noch, die Panikattacken wurden ein fester Bestandteil meines Lebens.

Ich saß beispielsweise in einer Kneipe, trank eine Tasse Kaffee und plötzlich war sie da – die Panikattacke. Ich ging spazieren, und sie kam, die Panikattacke. Ich kam nach Hause, wollte mir etwas zu essen machen und da war sie wieder, die Panikattacke.

Direkt nach der Entlassung aus dem Maßregelvollzug, genau genommen vierzehn Tage später habe ich eine Fortbildung zum Programmierer begonnen – auch wenn man im Gefängnis gelandete ist, heißt das nicht, dass man dumm ist. Die Fortbildung, war in etwa auf meinem Niveau und somit auch zu schaffen. Belastend war in dieser Anfangsphase eher das Alleinsein und die Tatsache, dass mir wohl niemand helfen wollte. So fiel im darauf folgenden Winter zwei und ein halb Monate die Heizung aus und der Vermieter hat sich einen feuchten Kehricht um die Reparatur gekümmerte.

Dadurch Panikattacken am laufenden Band. Zudem ging das Jahr dieser Maßnahme geradezu rasend schnell vorbei. Andere Teilnehmer, teilweise viel schlechter als ich fanden danach sofort eine Anstellung. Und ich hatte zwar ein Zertifikat mit einer Zwei plus als Abschlussnote, aber auch meine schöne Geschichte mit dem Maßregelvollzug.

Ich ahnte wohin das führte. Keiner würde mir einen Job geben.

Einzig einer gab mir eine Chance und die kam dem Schicksal der Sträflinge aus der Geschichte „Das Trockendock" gleich. Die Sträflinge in dieser Geschichte durften die Stützen eines Schiffes beim Stapellauf weg hauen. Wenn sie Glück hatten, schafften sie es beiseite zu springen bevor das Schiff sie überrollte und waren dann frei, wenn sie Pech hatten wurden sie von dem Schiff zu Tode gequetscht, na ja und dann war's das halt.

Ich möchte gar nicht näher ins Detail gehen aber ich war in dieser Firma mit Unternehmenssoftware beschäftigt. Zum Anpassen solcher Systeme muss man Programmierer, Systemanalytiker, und ein bisschen

Betriebswirt in einer Person sein. Dazu hat der Chef noch verlangt, dass ich einen Auftrag abwickeln, abrechnen und gleich einen neuen an Land ziehen sollte. Völlig selbstständig versteht sich. Also wirklich, ich hab ein Jahr davor noch im Maßregelvollzug gesessen. Na, ja, ich wurde von dem Schiff zerquetsch – der Chef hat mich rausgeschmissen, die Anforderungen konnte ich nicht erfüllen.

10

Das ist die eine der beiden Ängste. Ich war mittags noch im Café in der Altstadt und als ich jetzt die Tür zu meiner Wohnung aufschloss und eintrat, wurde ich mit der anderen konfrontiert.

Es war schnell zu bemerken dass etwas nicht in Ordnung war. Die Stand-By-Lampe des Fernsehers brannte obwohl ich ihn immer wenn ich das Haus verlasse ausschalte. Man hätte noch glauben können, dass es ein Versehen war, das ich vergessen hatte ihn auszuschalten. Aber da war noch etwas anderes.

Im Wohnzimmer auf dem Boden vor dem Kleiderschrank stand Fleisch in einer Gefrierbox aus meinem Gefrierschrank.

Angst!

Es scheint, dass sich Leute in meiner Wohnung aufhalten, Gegenstände wegnehmen oder welche hinlegen, Geräte manipulieren oder Dinge austauschen. Und ich, ich bin dann der Dumme! Sage ich es, bin ich bei den einen der Irre, sage ich nichts bei den anderen der mit dem man es machen kann. Doch was, wenn alle unter einer Decke stecken? Psychologisch grausamer geht es nicht. Die sind doch brutaler als der brutalste Mörder.

Ich nehme an, dass selbst ein Mörder ein Motiv hat und wenn er nur jemanden berauben wollte ihn im Gewirr der Tat aber erschlägt – doch diese Leute, sie haben kein Motiv. Ihr Motiv ist es zu quälen, zu quälen und sonst gar nichts. Sie sind brutaler als die Brutalsten. Der Unterschied zum Mörder besteht darin, dass sie keinen Mord begehen, sondern ihr Opfer so lange quälen bis dieses sich selbst ermordet.

Und obwohl die Vollstreckung einer Todesstrafe in unserem Land gar nicht vorge-
sehen ist, käme dies der Todesstrafe gleich.

Das denkt sich der Durchschnittsbürger
sicherlich nicht, aber es dürfte nicht das
einzige sein, was er sich nicht denkt.

Mich ekelt es an!

11

Inzwischen war es später Abend, fast Mitternacht. Ich saß im Zimmer, ausgebrannt,
dumpf die Wände anschauend. Eine kleine
Lampe, auf dem Tisch an der Wand brannte - aber je weiter die Minuten zerrannen,
desto dunkler wurde es, bis das Licht
schließlich ganz seine Kraft verlor, weil ich
mich nicht mehr in der Gegenwart, nicht
mehr im Zimmer, sondern weit, weit weg
in der Vergangenheit befand.

„Suse"
„Ja, Spatz?"
„Gehen wir aus?"
„Au, ja"
Ich ging von meinem Zimmer in die Küche
wo Susanne am Küchentisch saß – ein
Kuss.

„Fahren wir in den ,Bahnhof'?"

„Wäre nicht schlecht!"

„Komm", ich nahm Susanne an der Hand, führte Sie in mein Zimmer, noch ein Kuss. Ich stupste Sie sanft aufs Bett.

„Wie wär's, wenn wir noch eine viertel Stunde warten?"

Susanne kicherte.

„Ein Quicki?", fragte sie.

Ich schmunzelte.

„Aber dann wird's zu spät".

Ja, wir hatten schon kurz vor zweiund-zwanzig Uhr, es war zwar Sommer und deshalb draußen noch hell, aber ob's bei dem Quicki blieb, das war bei uns nie so ganz sicher.

„Glaube wir verschieben das besser auf die Nacht".

Susanne stand auf vom Bett.

„Komm wir gehen!"

„Ja", sagte ich, „lass uns gehen."

Es war schön so im Auto in die Nacht zu fahren. Ich hatte damals einen Ford Capri. Ein richtig schweres Schiff. Die Schnauze so lang, das man bald ihr Ende nicht mehr sah, na ja, jedenfalls ne lange Schnauze. Ich hatte die Luxus Ausführung. Der Wagen war innen komplett mit Teppich ausge-schlagen – wirklich sehr Luxuriös. Suse

46

hatte die Füße angezogen und bis oben auf das Armaturenbrett gelegt.

„Willst du eine?"

Ich gab ihr eine Zigarette.

„Danke", sagte sie.

Die Karre hatte zwar nur siebzig PS aber auf hundertachtzig km/h schaffte sie es trotzdem. Zwar etwas behäbig und es dauerte bis man diese Geschwindigkeit erreicht hatte, aber wenn sie mal im Rollen war, dann rollte sie.

Susanne kurbelte das Fenster auf ihrer Seite herunter und ich das Fenster auf meiner Seite. Der Fahrtwind blies luftig und sommerlich lau durch unser Haar. Ich schaltete das Radio an – super Musik, achtziger Musik. Das war unsere Musik!

„Was meinst du", ich war damals Mitglied in einer Band und unsere letzte Probe ging mir durch den Kopf, „Frank war neulich nicht gerade gut drauf. Ich wollte, dass er die Lautstärke anpasst, ins Gesamtbild der Musik integriert. Ich glaube das hat er missverstanden."

Frank war der Bassist unserer Band. ‚Taff Band' hieß sie. Die Band war von mir und von Martin, meinem Mitbewohner gegründet worden. Martin und ich wohnten zusammen in einer WG. Na, ja! Eigentlich wohnte Susanne irgendwie auch dort. Da ich und Susanne jeden Tag zusammen waren, waren wir natürlich auch oft in der WG zusammen.

„Frank versteht das Prinzip einer Band nicht richtig"; sagte Susanne. „Er ist zu sehr auf seinen Beitrag fixiert, deshalb möchte er ihn deutlich abheben".

„Ja, ja, das denke ich auch. Aber das Wesen einer Band ist nun mal, dass die Band im gesamten etwas rüberbringen muss und nicht nur der einzelne Musiker."

„Sag ihm das, aber reg dich nicht auf dabei. Bleib cool, dann wird er es annehmen", meinte Susanne.

„Sieh mal", ich zeigt auf ein relativ neues Einfamilienhaus an dem wir gerade vorbeifuhren. „Schön nicht wahr, ich möchte, dass wir irgendwann auch mal so ein Haus haben."

„Ja, das Haus und unsere beiden Kinder", sagte Susanne. „Unser eigenes und den *kleinen Neger, den wir adoptieren werden. Aber bis dahin ist es noch ein langer Weg."*

Wir beiden waren Studenten. Unser beider Ziel, war das Diplom zu machen und danach kam der Rest. Erst die Karriere, dann die Familie. Viele unserer Bekannten hatten ähnliche Ziele.

„Was ist mit Franziska los?", fragte ich.

Franziska war Susannes Freundin und irgendwie kam sie mir in den Sinn, weil ich nicht daran glaubte, dass Franziska solche Zukunftspläne hatte wie wir und unsere Freunde. Franziska war anders.

„Ach neulich war sie auf einer Demo bei irgend so einem AKW. Da hat es Schlägereien mit der Polizei gegeben, es waren sogar Wasserwerfer im Einsatz." Susanne rümpfte die Nase.

Wir hatten schon öfter darüber gesprochen. Nicht das uns Franziskas Engagement fremd wäre, oder vom Motiv her falsch vorkäme, aber dann wirklich die eigen Haut zu riskieren, das war nicht unser Ding.

49

„Ich hab die Befürchtung, dass Franziska immer radikaler wird", sagte Susanne.

„Ja, die Angst hab ich auch".

Wir fuhren ein paar Kilometer ohne weiter über das Thema zu reden. Am Horizont verschwand langsam die Sonne. Es wurde immer schneller dunkler.

Als wir nach einer weiteren Viertelstunde am ‚Bahnhof' angekommen waren, war die Sonne schließlich untergegangen.

Der ‚Bahnhof' war eine Szene Kneipe. Die zweite Generation nach den 68zigern. Freaks. Wie immer samstags, die gesamte Zufahrtsstraße voller Autos.

Wir parkten ein. Stiegen aus. Man hörte Live-Musik von drinnen.

„Super eine Band spielt."

„Weist du wer?", fragte Susanne.
„Nein keine Ahnung, scheint aber gut zu sein. Funky-Music."

Ich nahm Susanne in den Arm, die Hand ganz eng um ihre Hüfte. Sie kuschelte sich an mich.

Drinnen, natürlich eine irre Lautstärke von der Band, aber geile Musik, die sofort in die Beine ging.

Wir sprachen nicht mehr viel, man musste sich die Worte ins Ohr schreien, wegen der lauten Musik. Nur das nötigste. Wie die einzelnen Musiker waren und wie es bei den Leuten ankam und so.

Suse und ich hatten oft das gleiche Timing, was die Zeit anging, bis uns die Musik zu viel wurde und so verließen wir nach einer knappen Stunde mit einem kurzen Zunicken die Veranstaltung.

„Oh, man, war ganz schön laut da drin."
„Ja", sagte Susanne.
„Wie wär's noch irgendwo mit einem gemütlichen Kaffee?", fragte ich.
„Prima", stimmte Susanne zu.

Wir zündeten uns im Auto jeder eine Zigarette an und fuhren los.

„Wohin sollen wir fahren?", fragte ich.

„Wie wär's zum Eisler?" antwortete Susanne.
„Ins Eisler?"
„Ja, warum nicht?"

Die laute Musik im Bahnhof musste erst mal verdaut werden und so sprachen wir auf der Fahrt nicht viel. Ich parkte vor der Stadthalle. Wir stiegen aus. Die Ruhe der Nacht war ein wohliger Kontrast zu der Lautstärke im Bahnhof.

Ich nahm Susanne wieder in den Arm, die Hand ganz eng um ihre Hüfte. Sie kuschelte sich wie immer an mich. So gingen wir meistens.

Eigentlich war ich, obwohl wir schon mehr als ein halbes Jahrzehnt zusammen waren immer aufs Neue verblüfft, wie schön Susanne war und das ich so eine schöne Freundin hatte. An diesem Abend hatte sie mal wieder ein Kleid an und in Kleidern gefiel sie mir am besten. Es war das weiße Kleid – es erinnerte ein bisschen an ein Hochzeitskleid. So ein Kleid wie dieses betonte ganz besonders Susannes Figur und Susanne hatte eine wirkliche Top-Figur. Wespentaille, schlank, knackiger Po in Apfelform. Und dann ein Gesicht wie ein

Püppchen und dunkle schwarze Haare, was sehr mondän wirkte. ‚Hatte ich so eine Freundin wirklich verdient?‘.

Die Fußgängerzone war erfüllt von gedämpftem Stimmengewirr. Die Leute saßen draußen, auf Stühlen vor den Kneipen und die Leute hatten sich scheinbar viel zu sagen an so einem lauen Spätsommerabend.

Ich war glücklich und wenn mich jemand gefragt hätte warum ich glücklich sei, dann hätte ich ihm gesagt, weil alles zusammen passt. Susanne, die WG, das Studium, der schnittige Wagen, der Spätsommerabend und die vielen Leute, die auch alle glücklich zu sein schienen.

Als hätte Susanne meine Gedanken erraten drückte sie sich plötzlich ganz fest an mich, kuschelte ihren Kopf zu mir hoch und lies sich ganz lieb von mir küssen.

Wir nahmen uns an der Hand und bummelten mit den Händen wippend auf die überfüllten Sitzgelegenheiten vor den Kneipen zu.

„Einen Kaffee bitte“, sagte ich.
„Einen Kirschsaft bitte“.

Susanne trank so etwas lieber, als so spät noch einen Kaffee.

Wir saßen einige Minuten schweigend und ich ließ meine Gedanken kreisen. Ich fixierte mich auf Studieninhalte.

„Was meinst du Suse, können Unternehmen die Simplex Methode auch in der Praxis einsetzen?"

Während ich mein Studium gerade erst begonnen hatte, hatte Susanne ihres schon fast zum Ende gebracht. Susanne kam über den Weg des Gymnasiums zum Studium, während ich erst einen Beruf erlernt hatte und mich dann über den zweiten Bildungsweg bis zum Studium vorgearbeitet hatte. Darüber hinaus, war für mich auch, was diese realen Dinge angeht, Susanne die klügere von uns beiden (während ich für Träume und Visionen zuständig war). Und so war es keine Seltenheit, dass ich Susanne zu etwas befragte, was mir, das Studium betreffend, gerade durch den Kopf ging, besonders wie in diesem Fall ein betriebswirtschaftliches Problem da sowohl ich als auch Susanne einen BWL Schein im Studium gemacht hatten.

„*Die Simplex Methode ist nicht das Problem, die kann ein Computer abarbeiten*", sagte Susanne, „*aber die betriebswirtschaftliche Fragestellung entsprechend zu formulieren, das ist die Kunst.*"

„*Ich finde die Möglichkeit mit der Simplex Methode die optimalen Produktionsmengen der einzelnen Produkte zu errechnen faszinierend.*"

„*Ja sicher, aber wie gesagt ...*"

„*Das Problem zu formulieren...*" vollendete ich ihren Satz.

Wir fachsimpelten noch eine Weile weiter, aber dann schien es doch langsam ziemlich spät zu werden. In dieser Hinsicht war ich nun wieder der überlegene. Meistens kam ich erst so richtig in fahrt, wenn Susanne langsam mit erstem Gähnen und unkonzentrierten Augenbewegungen danach verlangte die Zelte abzubrechen. Na, ja, was soll's, wenn ein Mensch müde ist, dann soll er ins Bett. Und meistens steckte mich ihre Müdigkeit dann auch irgendwann an.

Wir kamen zurück in die WG. Ich klappte rasch das Schlaf-Sofa in meinem Zimmer auf, wir legten das Bettzeug aus, legten uns hin und schliefen beide zufrieden ein.

Ich wurde wach weil mich etwas kitzelte. Es kitzelte an den Füßen. Ich blinzelte. Es kitzelte und woher kam es wohl? Susanne war es, die mich mit übermütigen Lachen an den Zehen aus dem Schlaf kitzelte. Das war die andere Seite meiner Suse.

Wenn ich gar nicht daran dachte und wenn es mir überhaupt nicht in den Kram passte, dann hatte Sie einen Gag auf Lager. Was blieb mir anderes übrig als mitzulachen? Es war halt meine Suse.

„Hast du schon Kaffee gekocht?", fragte ich verschlafen.
„Alles fertig, ich war sogar frische Brötchen kaufen."
„Wo hast du die denn her, es ist doch Sonntag."
„Ich war beim Bäcker unten im Dorf, der hatte geöffnet, bis zehn Uhr."
„Wie spät ist es?", fragte ich.
„Halb elf"; sagte Susanne.

Sie saß auf der Küchenbank und hatte die Knie hoch bis ans Kinn gezogen und die

Arme um die Beine geschlungen. So saß sie oft und mir gefiel das.

Draußen rumpelte es und wir wussten Martin war auch wach geworden. Nach ein paar Minuten kam er in die Küche.

„Guten morgen", sagte er.
„Guten morgen", erwiderten wir.
„Wart ihr gestern im Bahnhof?" fragte Martin.
„Ja und im Eisler" „Wo warst du Martin?"
„Ich war auf einem Konzert in der Stadt."
„Na, im Bahnhof hat auch eine Band gespielt."
„War sie gut?", fragte Martin.
„Gut, aber laut", sagte Susanne.
Martin lachte.
„Was habt ihr heute noch vor?", fragte er.
„Wir fahren nachher zu Susannes Eltern", antwortete ich.
„Na, dann", sagte Martin, „viel Spaß dort", und verschwand wieder in seinem Zimmer.

12

Ich wachte relativ spät auf, aus dem Schlaf und aus den Träumereien über Susanne -

worüber ich wohl eingeschlafen sein musste, war bei der Erinnerung daran aber sofort wieder gut drauf. Ich wachte auf zwischen zwölf und halb eins. Kaffee kochen,
Zigaretten, Kaffee. Ich hatte Lust unter
Menschen zu gehen. Rasieren, anziehen,
auf den Weg in die Altstadt machen.

Ich kam nicht weit und was passierte, passierte so unvermittelt und überraschend,
dass ich noch viele Jahre danach an diesen
unheilvollen Augenblick denken musste.
War das gar die Rache der Gesellschaft auf
einen schönen Traum, von dem sie nicht
einmal wusste dass ich ihn geträumt hatte?
Sollte es denn wirklich gar nichts mehr
geben das mich ohne Strafe irgendwie
glücklich macht? Nicht einmal ein Gedan-
ke an die Zeit mit meiner Susanne?

Peng, peng und noch mal peng. Ich hatte
lediglich gedankenverloren auf den Boden
gespuckt. Nichts dass auch nur im Ent-
ferntesten gegen jemand gerichtet gewesen
wäre. Doch die beiden jungen Männer die
mich kurz zuvor passiert hatten drehten
sich Wutendbrand nach mir um, stürmten
auf mich zu und schlugen und schlugen
immer wieder auf mich ein.

Ich wimmerte nur sie sollen mich gehen lassen und wischte mir beängstigt, die Tränen des Schmerzes aus den Augen als sie sich davon machten. Ich ging dann - immer noch entsetzt - nach Hause und schlief und schlief um zu vergessen und ging am nächsten Tag noch unter dem Eintrug der Prügel, schlecht gelaunt zur Tagesstätte.

Mittig besetzt, vielleicht zehn Personen. „Guten Tag!", keine Antwort.

Ich bestellte mir einen Kaffee, verkrümelte mich in den Raucherraum – wenn überhaupt ist hier noch das meiste los – ein paar Leute. Trinke den Kaffee, ein paar Sätze zu meinen Sorgen. Antworten wie aus einer Populärwissenschaftlichen Sendung im Fernsehen. Was soll ich damit anfangen? Auch die Tagesstätte wird zum Problem. Meine Laune sank noch tiefer. Überhaupt, was will ich auch von denen hier - die spielen Schach, debattieren über Physik und Recht und sprechen über klassische Musik und Literatur! Kranke, wie ich selbst geisteskrank und dann Schach? Ich werde nervös! Noch eine Zigarette, dann geh ich wieder.

Zwischenstopp in der Kneipe. Die Leute aus der Tagesstätte gehen mir nicht mehr aus dem Kopf! Nicht nur die Kranken, auch die Sozialarbeiter. Wie kann jemand zu alles und jedem eine Meinung haben? Wie kann er wissen, was richtig und was alles falsch ist? Lebenserfahrung? Unmöglich! Man müsste dreißig Leben gelebt haben um zu jedem Thema eine Erfahrung mitzubringen. Ich nehme mal an, dass sie zwanzig Jahre Fernsehen in ihren Hirnen gespeichert haben – ich fühl mich immer schlechter, ich will nach Hause.

Ich bräuchte wirklich Hilfe, brauchbare Antworten – keine Phrasen, noch dazu unrealistisch. Psychologen reden genauso einen Unsinn. Normal und Unnormal! Ich habe mal einem Psychologen gesagt, ein normaler Mensch wird kein Psychologe.

Irgendwie hat das Gerede von den Leuten in der Tagesstätte, den Sozialarbeitern und Psychologen dasselbe Niveau wie das Geschwätz in Kneipen. Ich habe wirklich mein halbes Leben in Kneipen verbracht und das Gerede dort hat mir noch nicht einmal soviel gebracht wie der Dreck unter meinen Fingernägeln.

Was in Kneipen geredet wird ähnelt den Darbietungen eines Kabarettisten. Man ist mit allen Wassern gewaschen und statt das man die Sache aufgreift und um Lösungen bemüht ist schlägt man dem Ungeliebten unter die Gürtellinie. Plötzlich wird die Art und Weise wie jemand den Kopf hält, die Weise wie er läuft, steht oder redet wichtiger als das was er sagt. Da werden nicht die Verdienste eines Diplomaten, der unter umständen zwanzig Jahren lang um den Weltfrieden gerungen hat aufgegriffen, sondern eine kleine Macke ins Licht gerückt, etwa die Art wie er sich räuspert. Diese wird dann so weit übertrieben, dass sie lächerlich wirkt. Und weil die „normalen" Leute, die den Vorstellungen dieser Kabarettisten gebannt lauschen von den Schwierigkeiten um den Weltfrieden keinen blassen Schimmer haben, ihnen aber ein Licht aufgeht was die kleinen menschlichen Macken betrifft (die sie verdienstvollen Menschen keineswegs zugestehen wollen), applaudieren sie bereitwillig.

Noch problematischer wird's dann, wenn solche Clown tatsächlich auch über psychologisches Wissen verfügen. Sie stellen selbst messbare Leistungen der ins Visier genommenen Menschen in Frage. Da werden hochkarätige Denker, Menschen die hart und diszipliniert hinter der Wahrheit her sind kurzerhand als „Spinner" abqualifiziert. Man sollte doch lieber mal wieder etwas Sex haben als Tage- und Nächtelang wissenschaftliche Probleme hin und her zu wälzen. Doch was würden wir machen, wenn wir diese ‚Spinner' nicht hätten? Immer noch in Höhlen hausen?

Wer sich einmal ernsthaft mit diesem oder jenem Sachverhalt auseinandergesetzt hat, weis wie schwierig selbst die einfachsten Problemstellungen zu lösen sind und da kommen diese Leute daher und wollen sagen, wie ein MENSCH zu funktionieren hat. (Genau genommen sagen sie nur, wie er NICHT zu funktioniert hat).

Nein, nein und noch mal nein. So nicht! Wir müssen die PROBLEME lösen und uns nicht gegenseitig lächerlich machen!

13

Ich ging nach Hause.

Wie schon erwähnt bin ich kein Dichter und kein Denker, aber in diesem einen Fall musste ich etwas schreiben. Ja wirklich, ich musste etwas nieder schreiben.

Ich nahm mir einen unbeschriebenen Block aus meinem Regal, einen neuen Griffel den ich dort liegen hatte, setzte mich an den Tisch und begann meine Gedanken zu formulieren:

Der etwas andere Intelligenztest
von Manfred Ehrlich

Wir laufen durch die Welt und glauben etwas zu wissen. Flüge zum Mond, Hustensaft, Reisen um die Welt, das Wesen einer Demokratie. Vorgegaukelt durch Fernsehen, Rundfunk, Bücher, Zeitschriften und das Internet meinen wir informiert zu sein. Doch was wissen wir eigentlich wirklich?

Versuchen Sie einmal zu erklären wie man jemanden am Herzen operiert. Aufschneiden, flicken, zunähen, fertig. Sollte das wirklich funktionieren? Greifen sie sich einmal an die Brust und versuchen Sie anhand des Herzschlages, das Herz zu lokalisieren. Richtig, es liegt ein wenig links vom Brustbein, überdeckt von den Rippen, tief im Innern Ihrer selbst. Aber wie wollen

Sie da herankommen? Ich meine nicht, dass Sie jetzt ein Medizinbuch zur Hand nehmen und nachlesen was dort steht. Versuchen Sie einmal selbst die Antwort auf diese Frage zu finden. Aufschneiden, so weit so gut. Aber damit kommen Sie nicht weit. Wenn Sie auf Ihren Brustkorb fühlen, spüren Sie wie die Rippen mit dem Brustbein verbunden sind und um die Brust bis zur Wirbelsäule reichen. Sie finden nach dem Schneiden also nichts als Knochen die im Wege sind. Was wollen Sie machen? Die Knochen zersägen? Sie müssten etwas links vom Brustbein die Rippen durchtrennen. Doch was ist dann? Die Rippen reichen ja bis zur Wirbelsäule und wie wenn Sie ein Fass auf gleiche Weise auf gesägt hätten würde es sich nicht weiter aufbiegen lassen ohne das es an andere Stelle brechen würde. Vielleicht ein zweiter Schnitt noch etwas weiter links? Damit würden Sie den Brustkorb zwar öffnen aber wie wollen Sie das wieder zusammenflicken? Das abgesägte Rippenstück, so wie ein Rechteck, das sie aus einer Holzplatte ausgesägt haben, einfach wieder einlegen? Wie sollte das halten? Obendrein haben Sie noch die Lunge im Weg. Wie wollen Sie da vorbei? Und schließlich sind Sie am Herzen selbst. Doch das Herz schlägt. Wollen Sie dort ein

Skalpell ansetzen? Dann würde das Herz doch sicher nicht mehr lange schlagen!

Stellen wir uns eine andere Frage. Was ist der Himmel? Das Paradies. Was ist das Paradies? Eine so banale Frage, von der wir alle glauben die Antwort zu kennen: im Himmel wohnt Gott und die Engel – doch wir kennen sie nicht! Denn was ist im Himmel mit uns selbst? Wie fühlen wir uns dort? Was wird mit uns geschehen? Von Kindheit an sind wir in dem Glauben das zu wissen. Aber hinterfragt haben wir es nie. Lassen Sie mich diesmal selbst eine Antwort geben. Was halten sie davon: Wenn wir in den Himmel kommen wird unser Geist mit dem Leben eines unserer Liebsten gefüllt. Wie wenn man einen Film von einem Videoband auf ein anderes überspielt, bekommen wir all das was der Liebste in seinem Leben erlebt und gefühlt hat übertragen und wir erleben es noch einmal. Nun verstehen wir ihn wirklich – so als wären wir ihn selbst gewesen. Und deshalb kommen wir uns im Himmel so nah und deshalb verstehen wir uns im Himmel wirklich.

Sie meinen dies seien überflüssige Gedankenspiele? Nein, nein, das sind sie nicht, denn nicht einmal die Fachwelt weiß so manches einfache Ding. Warum schläft ein Mensch? Das hat mich einmal ganz ernsthaft ein Arzt gefragt. Ich sagte ihm weil er sich dadurch regeneriere. Doch er gab mir zur Antwort, dann könnte man weiter Fragen warum man sich regenerieren müsse? Ganz im Ernst, kein Mensch, nicht mal der hoch dotierteste Medizinprofessor weiß wirklich warum Menschen schlafen müssen.

Gerade solches Wissen ist aber, trotz der Banalität der Fragen, das Wissen bei dem man diesen Intelligenztest auf die Spitze treiben kann. Wie machen Sie es z.B. eine Frau von einem Mann zu unterscheiden? Wenn sie einkaufen gehen in einer Stadt sehen sie Gesichter von Frauen und Männer, denen sie noch nie im Leben begegnet sind, trotzdem wissen sie sofort ob es sich um einen Mann oder um eine Frau handelt. Wie machen Sie das? Fragen sie sich das einmal ernsthaft selbst. Oder noch viel, viel banaler: Wie machen sie es ihren Arm zu heben, einen Fuß zu bewegen? Bewegen sie ihren Arm und versuchen sie zu erklären wie sie das machen.

Sicher ahnen sie schon: wir sind nicht so intelligent wie wir glauben es zu sein. Das eine ist nicht das andere. Das Wissen, das wir in den Medien vermittelt bekommen, macht uns dies aber weiß. Immer wird das eine mit dem andern erklärt. Mit dem andern, das wir kennen, das uns vertraut ist und das uns einleuchtet. Sie können wahrscheinlich nur sagen ich hebe den Arm hoch, wenn ich den Arm hochhebe. Sie senden nicht irgendwelche Impulse aus ihrem Hirn an die Muskeln, füllen diese mit Blut und rufen dann eine Kontraktion hervor. Sie heben den Arm und damit fertig.

Im Umkehrschluss könnten sie nun weiterhin bezweifeln, dass es überhaupt Impulse aus dem Hirn gibt und dass die Muskeln mit Blut gefüllt werden um eine Kontraktion hervorzurufen. So könnten sie auch auf den Gedanken kommen und bezweifeln, dass überhaupt jemals jemand am Herzen operiert wurde. In der Tat wäre das Intelligent.

Was ist eine Sekunde? Eine Frage um weiter auf den Kern dieser Abhandlung zu kommen.

Ich finde es ist nicht sehr intelligent, wenn man wissen will warum der elektrische Strom beim Anschalten sofort am anderen Ende einer kilometerlangen Leitung herauskommt und man erklärt bekommt das sei in etwa so wie wenn viele Tennisbällchen in einer Röhre seien: gibt man am Anfang einen weiteren Tennisball in die Röhre, fällt am Ende sofort einer aus der Röhre. Das ist zwar eine schöne Erklärung – eben weil sie das andere, das Einfache erklärt – dennoch sind Elektronen keine Tennisbällchen – das können sie in jeder Abhandlungen über Atomphysik nachlesen.

Kommen wir noch mal auf die Sekunde zurück. Früher (bis 1967) definierte man eine Sekunde als das 86400ste des mittleren Sonnentags - um bei einer anschaulichen Definition zu bleiben. Doch stellen Sie sich mal auf einen selbst bezogenen Standpunkt. Was könnte dann die Definition einer Sekunde sein? Vielleicht das so und so viele tausendstel aller in Ihrem Leben geschlagenen Herzschläge.

Wenden wir dieses Prinzip nun auf die Intelligenz an und fragen uns: ist man vielleicht gerade intelligent, wenn man nicht intelligent ist? Intelligenz ist die Fähigkeit wissen zu erwerben. Das kann man aber nur, wenn man die Dinge hinterfragt. Was ist das? Wie ist es? Warum ist es so? Intelligenz ist nicht die Fähigkeit, das eine mit dem andern zu erklären und das andere als das eine zu akzeptieren, nur weil man es kennt.

In diesem Sinne – fragen sie sich doch mal wie ein Kühlschrank wirklich funktioniert?

14

Wie immer nach solchem philosophieren war mir am nächsten Tag schlecht. Den vielen Dreck, den man hin und her gewendet hatte musste man geradezu wieder ausspeien. Abschalten war angesagt. Ein klein bisschen Gutes, damit man Abstand gewinnt und die Sachen einem nicht auffressen.

Ich suchte, trotz der herbstlichen Temperaturen, ein Eiscafé auf und bestellte mir einen Schwarzwaldbecher.

Das Eis schmeckte sehr gut aber die Gedanken kreisten weiter um den Dreck.

Welche Art Mensch mussten die Wärter in so einer Anstalt wie dem Maßregelvollzug sein? Woche für Woche werden Häftlinge eingeliefert – manche hysterisch schreiend, andere kreide bleich, kalten Schweiß absondernd oder heftig zitternd, manche machen sich gar in die Hosen oder erbrechen sich. Woche für Woche, Monat für Monat, Jahr für Jahr. Und die Wärter, sie leben mit diesem elenden Schauspiel der Angst.

Ich gehöre nicht zu den Menschen, die so dreist sind den Spieß umzudrehen und obwohl sie die Täter sind, die Opferrolle annehmen. Im Maßregelvollzug gibt es wenig Täter die einsehen, das sie die Täter sind und tatsächlich sitzen dort Leute, die z.B. mit einer abgesägten Schrotflinte auf andere geschossen haben und meinen das sei ein Kavaliersdelikt gewesen. Extrem ist es dann aber bei den Mördern, die unverhohlen von Ihrer Tat berichten und sich Tag ein Tag aus darüber beschweren, das Sie nun schon seit dreißig Jahren in diesem Maßregelvollzug sind und man sie einfach nicht frei lässt.

Ich denke diese Dimensionen kann ein Durchschnittsmensch nicht mal ansatzweise erfassen.

Weder, was es bedeutet einen Mord begangen zu haben, noch was es heißt zwischen zwei und mehr Jahren auch wegen „kleinerer Delikte" eingesperrt zu sein.

Ich meine, schließen Sie sich einmal zu Hause für, sagen wir mal vier Wochen ein. Bleiben sie nur in einem Zimmer und verlassen sie das Haus nicht. Bleiben sie dort zusammen vielleicht noch mit ein oder zwei anderen Personen. Machen sie das wirklich einmal und sie bekommen eine Ahnung davon, was es heißt mehrere Jahre eingesperrt zu sein.

Und die Wärter, sie kommen zur Früh-, zur Mittag- und zur Nachtschicht. Sie sperren die Türen auf, sperren die Türen zu. Auf dem Weg zur Gefängniseigenen Werkstatt und wieder zurück, aufsperren zum Sportraum zusperren zum Rückgang. Aufsperren zum Hofgang zusperren beim Rückgang in den Trakt. Aufsperren, zusperren und ständig die betroffenen Gesichter der Häftlinge.

Die meisten Häftlinge sagen nicht viel. Die meisten trotten nur stumm hin und her. Nur einige witzeln mit den Wärtern, sprechen mit ihnen auf ‚du und du' in der Hoffnung sich Vorteile verschaffen zu können – Vorteile die sie nie haben werden, sich am Ende gar einbilden. Die Wärter verstehen es sie in diesem Glauben zu lassen. Die Häftlinge sind zu dumm um zu begreifen, dass es hier nicht um ihre Kriminelle Bauernschläue geht, mit der sie bei den Wärtern punkten wollen, sondern immer und überall abgeschätzt wird, wie gefährlich oder auch nicht sie einzuschätzen sind.

Das stößt dem ein oder anderen von diesen Brüdern dann früher oder später auch mal bitter auf, wenn er selbst nach vielen Monaten kein erhofftes Ergebnis seiner Bemühungen feststellen kann. Immer noch keine Lockerungen, Freigänge oder gar Heimfahrten und dann, dann knallt plötzlich die Sicherung durch und es kommt zu Gewaltanwendungen gegenüber Sachen, Mithäftlingen oder gar den Wärtern.

Die Antwort ist – wie sollte es anders sein – Gewalt. Allerdings die der diffizileren Art. Zehn, zwanzig oder noch mehr der Wärter tauchen blitzschnell auf den Gängen auf, umringen den Häftling, begleiten ihn mit drohenden Blicken in sein Zimmer und dann kommt der Arzt und was er dabei hat ist selbst unter den alten Hasen das

Instrument das man im Maßregelvollzug am meisten fürchtet – die Spritze mit den Psychopharmaka.

Manche rennen ein paar Meter über den Gang und werden dann zu Boden gestreckt, andere werfen irgendwelche Gegenstände die sie gerade in die Hand bekommen umher, aber alle bekommen sie ihre Spritze. So oder so.

Zwei, drei Tage komaartige Zustände folgen dann und dann eine schier endlose Zeit in der man nur noch apathisch auf den langen Gängen umherlaufen kann. Dumpf den Gang hoch, dumpf den Gang hinunter. Dumpf den Gang hoch, dumpf den Gang hinunter. Schließlich ist man, wenn man nach Wochen oder Monaten wieder allmählich zu sich kommt sogar richtig froh mit den Menschen, die einem das angetan haben wieder ein normales Wort wechseln zu können. Einfach weil die Freude wieder sprechen zu können größer ist als die Erinnerung an das was man einem angetan hat. Wissen sie, mich hat der Maßregelvollzug krank gemacht. Und ich bin mir heute ziemlich sicher, dass ich auch nur zu diesem Zweck, nämlich krank gemacht zu werden, dort gelandet bin. Ich habe ein

„kleines Delikt", ein paar Autos demoliert – in Wutausbrüchen und ohnmächtiger Raserei weil ich meine Freundin verloren habe.

Ich war nicht allgemeingefährlich – die Voraussetzung um in den Maßregelvollzug eingewiesen werden zu können - und darauf hatte man auch gar nicht wirklich abgestellt. In meinem Fall war man von Anfang an nur an einem interessiert: nämlich das ich diese Psychopharmaka zu mir nehmen soll.

Aus dieser Sicht der Dinge ist es natürlich sehr wohl erlaubt, die Wärter, die Ärzte, das System oder gar den Staat zu hinterfragen. Sie hatten ein anderes Motiv und ein anderes Ziel als das, was sie vorgaben es zu haben.

Ich war müde und löffelte den Rest meines Eises aus und ging dann wieder.

15

Weiter lässt mich der Ekel selbst nach Tagen nicht mehr los. Schon der dritte Tag an dem mich die Grübelei über die Bösartigkeiten meiner Mitmenschen beschäftigte.

Warum wenden sich die Dinge immer und immer wieder gegen mich?

Eine normale Frau ist glücklich wenn man sie liebt, für sie sorgt und gut zu ihr ist – meine Freundin wurde böse.

Ein normaler Vorgesetzter ist zufrieden wenn seine Mitarbeiter mitdenken, kreativ sind und dafür sorgen, dass die Arbeit richtig gemacht wird – meiner hat mich entlassen.

Eine normale Gesellschaft fördert ihre Mitglieder, sorgt dafür, dass sie sich entfalten und möglichst vielseitige Fertigkeiten entwickeln – die Menschen um mich herum dagegen versuchen mich immer und immer wieder auf Klischees zu reduzieren.

Sollte man angesichts dieser Umstände nicht aggressiv werden? Man sollte! Ich schlug so fest ich konnte mit der geballten Faust gegen meinen Schrank. Ja, man sollte, man sollte wirklich aggressiv werden.

Ich habe mir alle Fertigkeiten in meinem Leben durch harte Arbeit erschlossen. Nichts wurde mir geschenkt. Ich bin zwar nicht dumm, aber auch nicht überdurchschnittlich intelligent.

Es dauert Jahre, allein vom offiziellen Werdegang her, bis man einen Beruf erlernt hat oder das Abitur hat. Ich habe gleich zwei Berufe – Elektriker und Programmierer. Ganz zu schweigen von den Fertigkeiten die ich im laufe vieler Jahre durch praktische Übung erworben habe.

Ich war nahezu acht Jahre mit meiner Freundin zusammen. Tag ein Tag aus Gedanken darüber wie die Beziehung nicht langweilig werden sollte, wie sie auch in Zukunft funktionieren sollte, wie ich meine Freundin verwöhnen und erfreuen konnte.
Ich schlug noch mal mit der Faust gegen den Schrank und schlug noch mal und noch mal.

Andere Menschen haben mit einem Bruchteil der Fertigkeiten die ich habe einen schier unbeschreiblichen Erfolg. Frau, Kinder, über viele Jahre eine sichere Arbeitsstelle, ein Haus gebaut. Ich dagegen hatte je mehr ich mich angestrengt habe und je mehr ich konnte immer weniger Erfolg.

Und noch mal schlug ich mit der Faust gegen den Schrank.

Ich kenne einen, der Zuhälter war und als er ins Alter kam sich ein kleines Häuschen auf dem Land gekauft hat und jeder im Dorf hat ihn geachtet und freundlich gegrüßt, weil „so einer" den Absprung geschafft hat und nun ein ordentliches Leben führt.

Ich dagegen habe, je weiter meine Bildung gediegen ist, immer mehr Leute aus so rotlicht- ähnlichen Milieus geradezu angezogen und seltsamerweise deren Interesse an mir geweckt.

Ich bin ein ordentlicher Mensch. Das war ich immer, das bin ich und das werde ich immer sein. Ich mag nichts mehr mit diesen Milieu Menschen zu tun haben!

Ich schlug noch mal mit der Faust gegen den Schrank. Wenn ich so weiter mache, werde ich ihn noch kaputt schlagen.

16

Trotz später Stunde wollten die Gedanken nicht aufhören zu Kreisen.

Wenn man etwas bewegen will und wenn es irgendwo einen Fortschritt geben soll, dann kann dies nur durch Wahrhaftigkeit geschehen. Ob man einen Sachverhalt vorwärts oder etwas mehr Mitmenschlichkeit in die Gesellschaft bringen möchte, all dies geht nur mit Ehrlichkeit, mit Wahrhaftigkeit.

Menschen, die sich mit der Realität auseinandersetzen müssen, etwa Menschen, die durch ihre Arbeit täglich erfahren, wie sich die Dinge dem Willen wieder setzen, wissen dies. Ob sie nun Bauarbeiter, Schneider oder Köche sind.

Man kann die Realität nicht durch Täuschungen, Traktieren und Strategien in den Griff bekommen. Man muss sie bewältigen.

Und um sie zu bewältigen, muss man sie erst einmal akzeptieren und zwar so wie sie ist und nicht wie man sie gerne hätte.

All die, die meinen man könnte der Welt ein Schnäppchen schlagen, all die müssen scheitern. Und zwar notwendiger Weise. Nichts was falsch, was unecht ist hat auf Dauer bestand. Nichts!

Es gibt Menschen, und gerade in Städten, die sich nur noch mit traktieren und manipulieren beschäftigen und dieses Tun sogar zur Philosophie erheben. Gerade in so einer Stadt ist die Gefahr, dass man in diese Art Unredlichkeit abrutscht sehr groß. In Städten müssen sich nur wenige mit der Herstellung von Produkten beschäftigen, hier geht es um das Verkaufen von Produkten. Die Menschen in Städten müssen sich nicht an der Realität messen, was die Herstellung von Produkten verlangt. Sie müssen nur ihre Produkte anpreisen. Darüber hinaus gibt es in Städten viele Menschen und viele Kneipen, Banken und viele Versicherungsbüros und viele Ämter – und überall wird geredet, traktiert, manipuliert, aber nicht wirklich gearbeitet.

Witziger weise sind gerade die, die mit diesem traktieren angefangen haben - Unternehmer und Personalchefs – heutzutage außerordentlich froh, wenn sie einmal jemand finden, der dies nicht tut.

Das Große der Masse versucht mit aller Gewalt und um jeden Preis hohe Schulabschlüsse, unsinnige Praktika und wertloses Wissen anzuhäufen. Doch all das Nutz nichts.

Ein Unternehmen – und gerade in Zeiten der Globalisierung - muss sich Tag ein Tag aus an der Realität messen. Schreiben sie eine Bewerbung, in der zum Ausdruck kommt, dass sie diese Realität kennen und Wege kennen sie zu meistern und ich garantiere ihnen, das sie eine Anstellung bekommen. Sie brauchen kein Abitur, kein Facharbeiterbrief, nicht einmal einen Schulabschluss.

Allen ernstes: Ich habe schon eine Bewerbung geschrieben in der ich dem Unternehmer geraten habe, was er *nicht* tun soll und er hat mich zum Vorstellungsgespräch eingeladen.

Ich behaupte nicht, das die Realität einfach ist – im Gegenteil - sie wird immer komplizierter. Aber es wird uns in ein Chaos führen, wenn wir dieses Traktieren nicht aufgeben. Ich möchte in diesem Land keinen Großkapitalismus in dem Millionen

Menschen in einem Kreislauf des Unsinns agieren.

Wegen der „Widerspenstigkeit" der Realität und immer höheren Anforderungen an die anzubietenden Produkte schaffen es viele nicht mehr, die Realität sinnvoll zu bewältigen. Deshalb stellen sie unsinnige Produkt oder unsinnige Dienstleitungen her. Da diesen Mist aber niemand wirklich haben will müssen sie die Menschen manipulieren und strategisch traktieren. Sie zwingen ihre Konsumenten ihre Produkte zu kaufen und deshalb werden dann immer mehr immer dümmere Menschen herangezogen. Generation über Generation lernt immer weniger über die wirkliche Welt und immer weniger Menschen kommen mit der Realität klar, wenn sie ihr dann eines Tages gegenüberstehen. Der Kreislauf beginnt von vorne.

Da es von Natur aus sowieso mehr dumme als intelligente Menschen gibt wird das ganze Leben dann irgendwann zur Farce.

17

Ich wachte auf und ein Blick auf den Wecker verriet mir, dass ich etwa fünfzehn

Stunden geschlafen hatte. Na wenigstens so kam ich wieder ein bisschen zu Kräften. Ich weiß nicht mehr recht ob es nun schon der vierte oder der fünfte Tag war an dem ich diese quälenden Gedanken hin und her wendete. Irgendwann, das war immer so, stellte ich mir dann aber die Frage nach dem Warum meines Leidens. Wenn ich mich zurück erinnere, kann ich eigentlich nichts als Auslöser finden. Nur, das man immer wieder Böse wurde, weil ich mal wieder die Wahrheit gesagt habe. Ich habe tatsächlich weder jemand etwas Böses gewollt, noch irgendjemand etwas Böses getan. Trotzdem hatte ich mein Leben lang Ärger mit anderen Menschen. Was ist an der Wahrheit so schlimmes? Nichts! Man sagt sie einfach und dann steht sie im Raum. Dort kann man sie lassen. Man kann sie aber auch aufgreifen und in die Tasche stecken und mit nach Hause nehmen. Man kann sie irgendwo anders wieder auspacken und dann wird sie wieder im Raum stehen. Die Wahrheit ist geduldig. Von sich aus bleibt sie im Raum stehen und will nirgendwo hin. Sie greift niemanden an und sie tut auch niemand etwas Böses. Sie steht einfach so im Raum und wartet bis sie jemand mitnimmt – oder auch nicht.

Ist es nicht die Wahrheit so vielleicht meine Person, die anderen Menschen ein Dorn im Auge ist? Nun, zunächst einmal kann ich mich nicht in Luft auflösen. Irgendeine menschliche Haltung muss ich ja einnehmen und mit dieser Haltung automatisch auch deren Schattenseiten. Ansonsten wäre ich gar keine Person. Die Schattenseiten an sich sind zunächst einmal ein Problem, das in erster Linie auf mich selbst zurückfällt. Ich lebe von Sozialhilfe, habe keine öffentlichen Ämter und bin so eigentlich kaum in einen sozialen Austausch mit anderen Menschen eingebunden. Echte Reibungsflächen gibt es also nicht. Wie kann es dann die Persönlichkeit sein - zu deren Offenbarung es kaum Möglichkeiten gibt - an der sich die Gemüter meiner Mitmenschen erhitzen?

Mir knurrte der Magen. In den letzten Tagen hatte ich kaum etwas gegessen. Über die Grübeleien werde ich eines Tages noch verhungern. Ich kochte in der nächsten viertel Stunde ein paar Nudeln mit Speck und Eiern und aß so viel bis ich satt war.

Nach dem Essen schlürfe ich in Richtung Couch um mich ein bisschen auszuruhen. Dabei stoße ich eine Schachtel mit Fotos um, die auf dem Boden herumstand. Darin auch Fotos von mir.

Wenn ich ein Foto von mir sehe, dann erschrecke ich jedes Mal. Denn der Mensch den ich da auf dem Foto sehe, der wirkt schlaff, leblos, ohne Energie. Und so fühle ich mich auch. Es wird mir allerdings immer erst klar, wenn ich so ein Foto von mir sehe. Ich glaube ich habe ohnehin Grund genug mich nicht wohl zu fühlen: Nagelpilz, Neurodermitis, chronischer Durchfall, mehrere faule Zähne, Weitsichtigkeit, Tinnitus. Dazu Herzbeschwerden und Erschöpfungszustände. Seltsamerweise bin ich ohne Probleme dazu in der Lage mich an eine Hantelbank zu setzen und kurz hinter einander insgesamt über eine halbe Tonne Gewicht zu stemmen. Nun ja, es mag nicht übermäßig viel sein, aber wenig ist es auch nicht gerade. Wie passt das mit dem energielosen Menschen, den ich in mir auf dem Foto sehe zusammen?

18

Ich musste auf der Couch eingeschlafen sein und nun war es schon neun Uhr am nächsten morgen als ich wach wurde. Das übliche: Kaffee, Zigaretten. Das Wetter ging, es war recht mild. Ich zog mich an und stapfte zur Uferpromenade des Flusses, der mitten durch die Stadt floss. Dort konnte man in den Grünanlagen recht gut spazieren gehen. Doch selbst hier ließ mich die Stadt nicht in Ruhe. Keine adretten Menschen, Mütter und Väter mit ihren Kindern, Omas die sich die Beine vertraten. Statt dessen Punker, Penner und Hunde die in Mengen die spärlichen Wiesen voll kackten. Ich ging den Weg zu einer etwas größeren Halbinsel. Versuchte den Blicken der Leute auszuweichen. Am Zenit der Insel ein kurze Pause und als wäre es hier nicht schon dreckig genug kreuzt dann auch noch eine Ratte meinen Weg. Ich verließ die Insel schnell. Auf dem Rückweg gab es ein Restaurant. Ein Kaffee wäre nicht schlecht. Ich kehrte ein. Mit dem Kaffee verlor ich mich wieder in den Gedanken über meine Mitmenschen.

Ich hab's erwähnt, ich bin kein Dichter und kein Denker. So viel kann ich mir aber zusammen reimen: Ein Wissenschaftler muss seine Theorie der Realität und nicht die Realität seiner Theorie anpassen. Ein Geologe greift nicht zu Hacke und Spaten um die untersuchten Berge so abzutragen, dass sie seiner Theorie entsprechen, sondern er erstellt seine Theorie dermaßen, dass sie den vorhandenen Bergen genügt. Da mich sogar meine Psychologen in ihre Persönlichkeitsmuster einreihen, statt ein Muster gemäß meiner Persönlichkeit zu erstellen, wage ich zumindest deren Kompetenz anzuzweifeln.

Eine weitere Schlussfolgerung, die man aus dem Treiben meiner Mitmenschen ziehen kann, ist die, dass diese Menschen eigentlich gar kein Einfühlungsvermögen besitzen. Sie sind ständig damit beschäftig mein Wesen irgendwie in Worte zu fassen. Im Grunde genommen tappen sie aber völlig im Dunkeln. Das was diese Menschen unter Persönlichkeit verstehen hat die Machart von Theaterfiguren, sie suchen nach Schablonen, so wie sie ein Schauspieler verwendet um den Typ, den er spielen will darzustellen. Sie haben kein wirkliches, kein tiefes Verständnis von dem was einen Menschen ausmacht. Da man so etwas aber nur erspüren und nicht in Worte fassen kann, werden sie bis ans Ende ihrer Tage in dem Suchen nach Schablonen gefangen bleiben.

Es kommt hinzu, dass sie geradezu süchtig nach Liebe zu sein scheinen – darauf komme ich wegen ihres fehlenden Gespürs also ihrer inneren Kälte, ja Eiseskälte. Die Liebe soll sie scheinbar wärmen. Sie übertreiben diese Sucht gar soweit, dass sie nicht einmal mehr mit Liebe zufrieden sind, sie brauchen Menschen, die sich völlig selbstlos hingeben. Diese Sucht geht soweit, dass sie nicht einmal mehr wahrnehmen, wenn man ihnen die Stirn bietet. Sie glauben zum Schluss alle dienen ihnen – auch wenn es gar nicht so ist.

Das alles fußt auf dem Irrglaube, das besonders ausgeprägte Persönlichkeitseigenschaften die von besonderen Menschen seien. Die wissenschaftliche Psychologie definiert das aber gerade anders herum: nicht derjenige der zu wenig an Persönlichkeitseigenschaften hat ist krank, sondern der, der zu viel hat ist es.

Warum zerbreche ich mir immer noch den Kopf darüber? Nach Tagen, Wochen, Monaten, ja sogar Jahren?

Sie schlagen immer noch drauf wie am ersten Tag. Schlag hin, schlag her. Ich ahne schon lange, dass es nicht eher aufhören wird, bis einer von uns zu Boden geht. Ich habe sogar mehrfach um „Waffenstillstand" gebeten, ja sogar die weiße Fahne geschwungen – doch sie kennen kein Erbarmen. Entweder geh ich drauf oder sie.

Und dann war dieser Maßregelvollzug in dem sie mir Mittel spritzten die wie eine Folter gewirkt haben. Die angeblichen Psychopharmaka, die ich angeblich so dringend gebraucht hätte, hatten überhaupt keinen Einfluss auf die Psyche. Stattdessen wirkten sie auf das Nervenkostüm, auf die Muskeln und dies in einer Weise, die ich niemals erwartet hätte: ein halbes Jahr lang, Tag für Tag Muskelkrämpfe, zittern der Hände, massive Bewegungsunruhe, schmerzen im ganzen Körper. Das war die Hölle und das werde ich niemals vergessen. Niemals, mehr noch: ich dachte oft dafür müsste man sich eigentlich rächen.

Die Rockband PMC hat in einem ihrer Songs mal gesungen „gewöhnliche Menschen leben friedlich". Das ist mein Motiv! Ich bin nicht süchtig nach Liebe, und muss mir diese auch nicht erpressen, aber es macht mich krank, wenn ich nicht in Harmonie - und wenn es nur für mich alleine ist - leben kann. Ich will nicht hinterlistig sein, kämpfen, gewinnen oder jemand etwas Böses tun, ich will einfach nur nicht mein Leben an so einen sinnlosen Mist vergeuden. Harmonie heißt weiter zu kommen ohne bösartig zu sein. Harmonie heißt den Sinn hinter den Dingen zu verstehen. So ein primitiver, bestialischer Psychokrieg kann dazu nichts beitragen. In einem Krieg gibt es immer nur Verlierer.

19

Ich saß zu Hause und weinte. Nicht aus Enttäuschung sondern ehrlich, wie ein Kind – erschüttert. Mit den Werten die man mir zertrümmert hat, hat man mich zertrümmert. Es gibt keine andere Frau, die ich nur annähernd so anziehend finde wie damals meine Susanne. Und meine Moral gleicht den Werten wie sie unser Grundgesetz beschreibt. Wie kann man sich darüber hinwegsetzen? Welche Anmaßung, welcher Zynismus? Ich erwarte nicht von allen Menschen, dass sie gleich gescheit sind, aber eine Ahnung von den Dingen die müsste jeder haben, jeder der sich irgendwie geartet als Mensch bezeichnet.

Früher war ich eine Einheit aus Geist und Körper und jetzt sind beide voneinander getrennt. Die Tabletten haben das bewirkt.

Was ist der Geist ohne seinen Körper? Genau das, was sie vorgaben zu verhindern, nämlich ein Kranker, ein Wahnsinniger, ein Irrer. Die meiste Zeit in meinem jetzigen Leben muss ich etwas Essen obwohl ich keinen Hunger habe. Ich zähle die Stunden seit der letzten Mahlzeit und sage mir es sei Vernünftig nach dieser Zeitspanne etwas zu essen. Aber Hunger habe ich keinen. So geht es mit dem Zubettgehen am Abend und dem Stuhlgang am Morgen.

Ich bin Ihnen auf die Schliche gekommen. Man kann die Dinge hinterfragen. Wie schon erwähnt, habe ich einmal einer Psychologin gesagt, ein normaler Mensch wird kein Psychologe. Das ist wirklich genial und es ist genau der Stoff der ihnen Angst macht. Polizisten gibt es auch in Diktaturen und sie sind dort genau dasselbe, nämlich Polizisten. Man hat Angst davor, dass die Leute die Dinge hinterfragen. Es ziemt sich nicht wenn man auf die Idee kommt und einen Pfarrer auf seine Geilheit anspricht. Ich bin nicht dafür solche Sachen den lieben langen Tag zu betreiben und ich bin auch nicht dafür die Welt umzukrempeln. Denken ist nicht dazu geeignet die Welt zu revolutionieren, es ist dazu geeignet Erkenntnisse zu gewinnen und die dienen dazu unsere Welt besser zu machen. Keiner will die Welt auf den Kopf stellen. Die Welt und das Denken sind zwei verschiedene Dinge. Die Welt muss reifen und die Gedanken müssen sich bewähren. Es wird aber sehr bemerkenswert, wenn man versucht das Denken zu verbieten. Die Geschichte der Menschheit ist voll von Versuchen dieser Art und immer mussten die Starrköpfe, die sturen Esel teuer dafür bezahlen, dafür, dass sie das Denken aufgehalten haben oder leugnen wollten. Und das passiert noch immer. Wir leben in einer Welt in der kaum etwas von dem Wissen unserer Welt unter den Leuten ist. Das ist ein Indiz dafür, dass gemauert wird. Andererseits sage ich nicht dass alles Wissen gut ist. Wozu soll ich z.B. die Heisenbergesche Unschärferelation verstehen? Es genügt, wenn wir gut leben und das alle gemeinsam hinbekommen. In der Tat muss Afrika erst satt werden, bevor wir uns über das für und wieder von Tolstois „der Idiot" auseinandersetzen. Aber schon in der Steinzeit waren die Menschen nicht pausenlos auf der Jagt sondern haben hin und wieder am Feuer gesessen und sich unterhalten bis der Braten fertig war. Es geht nicht um dieses und nicht das, es geht darum alles unter einen Hut zu bringen. Ich vermute mal, das haben sich gewisse Köpfe schon vor langer, langer Zeit ausgedacht. Allerdings wollten sie nicht dass die Menschen, wenn auch nach langer Zeit, aus sich heraus zueinander finden, sondern sie versuchten es Ihnen auf zu diktieren. Der Plan dürfte zwei, vielleicht dreitausend Jahre alt sein und er hat die Maxime, dass der Zweck die Mittel heiligt. Das wird so böse enden wie es begonnen hat. Wir brauchen keinen Leitwolf mehr, auch wenn wir größtenteils noch immer Tiere sind. Und das wirft man mir dann ohne Worte auch immer wieder vor: was man von mir verlangt ist doch eigentlich nur, das ich aufhören soll mit diesen Idealen, weil ich letztlich doch auch nur ein Tier bin und darüber nicht hinaus komme. Das ist richtig, ich bin ein Tier und wie die meisten anderen komme ich kaum darüber hinaus aber wie der Mensch in der Steinzeit sitze ich ab und zu am Feuer und warte auf den Braten und dann bin ich Mensch und will auch wirklich, wirklich Mensch sein.

Man nennt das Dialektik und ich finde diese Form des Denkens gewinnbringend. Gegensätze kann man verbinden. Schwarz schließt weiß nicht aus und umgekehrt. Allerdings – und das möchte ich keinesfalls leugnen – ist das alles nicht so einfach. So kann ich nicht immer schwarz und weiß zusammen bringen oder um es mal etwas komplizierter auszudrücken: Ich muss auch dialektisch die Dialektik mit der Nichtdialektik zusammenführen. Das ist die Krux an der die meisten Menschen scheitern. Das System mit dem Nicht-System in Einklang zu bringen. In den achtziger Jahren hat der Autor des Buches „das Band" dieses Thema erfolgreich bearbeitet. Wer richtet den obersten Richter, wer führt den obersten Staatsmann? Wer kontrolliert den Kontrolleur? Welches System überwacht das Überwachungssystem? Als Programmierer und ich bin Programmierer, hat man mit solchen Späßchen den ganzen Tag zu tun. So habe ich einmal eine Wissensbasis programmiert in die ich dann die Wissensbasis (das Programm) selbst als Wissen eingegeben habe. Der Autor von „das Band" hat viel darüber geschrieben, wann Menschen etwas für wahr und wann sie etwas für falsch halten. Ein Beispiel: Sieht man sich ein Bild an, in dem eine Staffelei mit einem Bild darauf abgebildet ist, empfindet man das Bild im Bild als nicht so real oder glaubwürdig wie das eigentliche Bild. Ich glaube die Kernaussage von „das Band" war, das jedes formale

System Sätze enthält von denen man nicht entscheiden kann ob sie wahr sind. Das Buch sollte man schon im Kindergarten zur Pflichtlektüre erklären. Sehen sie, in meinem Fall begreifen die Verfolger einfach nicht, dass sie die Gejagten sind. Wie kann es dazu kommen? Nun, ich sage dem einen etwas, das wird dann an den nächst Höheren weiter gereicht, dieser reicht es wieder an einen Untergebenen weiter, der dann wiederum mich mit dem Gesagten konfrontiert. Letztlich meint der Letztere dass er mich überprüft. In Wahrheit hab aber doch ich Ihn überprüft! Der Grund für den Denkfehler ist, dass sie nicht begreifen, dass die Welt nicht endlos hierarchisch aufgebaut ist oder vielmehr sein kann. Der oberste Kontrolleur hat keinen Kontrolleur der ihn kontrolliert! Man traut sich nicht an die Grenzen zu gehen! Es ist eine wirklich simple Rechnerei die Milliarden eines Staatshaushaltes zu verteilen. Aber kein normaler Mensch traut sich das zu. Warum? Weil es um große Zahlen geht. Dasselbe Spielchen kann man im Kleinen machen. Keiner traut sich dran, weil es kleine Zahlen sind. Normale Menschen denken im Bereich von plus hundert, bis minus hundert und vom Rest lassen sie die Finger.

20

Ich saß auf der Couch. Das Zimmer sah aufgeräumt aus. Die Möbel waren aus Astkiefer und wirkten immer noch neu. Der Kleiderschrank und das Bücherregal standen sich gegenüber an den Seitenwänden. An der Stirnseite des Raumes lehnte der Tisch, mit der schmalen Seite zur Wand. Um den Tisch herum die drei Stühle. Die Stühle beschlagen mit einem dezent gemusterten Stoff. Sauber, alles sauber, dachte ich. Den Boden hatte ich erst vor kurzem gewaschen. Er wirkte ebenso neu wie die Wände mit ihren weißen Raufasertapeten. Als wären sie eben erst gestrichen worden! Und das obwohl ich Raucher bin und schließlich schon seit einem halben Jahr hier wohne. Doch irgendetwas störte mich an diesem Raum.

Mein Kopf brummte heftig. Kopfschmerzen, wie Messerstiche im Kopf.

Ich nahm die Tabletten alle aus der Packung. Sie waren in Silberfolie eingepackt. Je zehn auf einem Plättchen und insgesamt fünf Plättchen. Also fünfzig Tabletten. Würde das reichen? Was würde geschehen? Es waren Psychopharmaka. Wahrscheinlich würde ich Müde werden und dann wie gelähmt. Der Körper bekäme vielleicht einen Krampfanfall und ich hätte unendliche Schmerzen. Vielleicht für Stunden. Zittrige Hände, Schweißausbrüche, Angst. Aber der Tod, er würde nicht so schnell eintreten. Man hatte daran gedacht und diesen Fall mit eingeplant. Ich fuselte die Tabletten wieder in die Schachtel.

Ich hatte aus Frustration etwas Randaliert, das war aber nicht der Grund meiner Inhaftierung. Ich glaube davon weiß bis heute noch kein Polizist oder Richter. Ich habe aber einmal in der Woche bei meiner Freundin auf der Matte gestanden obwohl sie das nicht wollte und es hat – was ich ihnen bisher verschwiegen habe aber sehr bereue - ein paar Mal sogar kleine handgreifliche Auseinandersetzungen gegeben. Dem stehen vier Jahre in einem psychiatrischen Gefängnis gegenüber. Ein endloses Trauma und mein zerstörtes Leben!

Kein Polizist, kein Richter, kein Psychiater, kein Sozialarbeiter und kein Bewährungshelfer haben auch nur einen Finger krumm gemacht um das noch mal zu beheben.

Es gibt ein paar Gefängnisfilme oder Filme über Psychiatrien, wie z.B. „einer Flog übers Kuckucksnest" die erstaunlicher Weise genau das beschreiben. Aus meiner Sicht sind alle diese Leute, gerade weil sie besser Wisser und von Ihrem besseren Wissen tatsächlich überzeugt sind, auf ihre Art dumm. Polizisten, weil sie nur misstrauisch sind, Richter weil sie über etwas urteilen, das sie nicht verstehen und Bewährungshelfer und Sozialarbeiter weil sie ständig denken die Dinge regeln sich von selbst – das nennen sie Hilfe zur Selbsthilfe. Das schlimme aber: alles hängt an dem Urteil der Psychologen und Psychologen beurteilen nur das was man sagt, nicht aber das was man ist.

Ich stand von der Couch auf, ging in die kleine Küche und begann zu kochen. Es gab Eierpfannkuchen mit Apfelmus und Schattenmorellen. Dazu ein Glas Mineralwasser. Nach dem Essen spülte ich das Geschirr.

Ich kochte einen Kaffee nach dem Essen. Eine Tasse davon und eine Zigarette. Nach dem Essen schmeckt eine Zigarette am besten.

Ich stellte das Radio an und riss einen Zettel aus meinem Notizblock. Ich stellte einen kleinen Haushaltsplan für die nächsten zwei Wochen auf.

Nach dem der Plan aufgestellt war packte ich die schmutzige Wäsche zusammen, stopfte sie in die Waschmaschine und stellte sie an.

Ich erschrak als plötzlich das Telefon klingelte.

„Guten Tag Herr Ehrlich, hier ist das Versandhaus Wohlfahrt, wir möchten ihre Frau, Frau Carolin Ehrlich sprechen. Ist ihre Frau zu Hause?"

„Nein, hier wohnt keine Frau Ehrlich, ich bin nicht verheiratet, tut mir leid."
„Entschuldigen sie bitte, muss wohl an einem Fehler in den Unterlagen liegen. Nochmals Entschuldigung. Auf wieder hören."

„Auf wieder hören", erwiderte ich.

Wir kamen kurz vor zwölf bei Susannes Eltern an. Geduscht, mit guten Kleidern – wie dies für den Sonntag üblich war.

Susannes Mutter war noch mit dem Essen beschäftigt, während dessen Susanne mit ihr plauderte.

Ich setzte mich dann aber irgendwann oft ins Wohnzimmer, wo ihr Vater Fern sah. Er sprach nie übermäßig viel mit mir, ein zwei Sätze vielleicht über das Fernsehprogramm.

Draußen im Flur hörte ich jemand die Treppe heruntersteigen. Das war sicher Susannes Schwester. Sie und ihr Mann wohnten in einem anderen Bundesland und waren seit langem mal wiederhier zu besuch.

Das Programm war mir zu langweilig, Ich ging hinüber in die Küche, nahm mir aus dem Küchenschrank ein Päckchen Streichhölzer, setzte mich zu Susanne auf die Eckbank und zündete mir genüsslich eine Zigarette an.

Ich war immer gerne den Sonntag mit Susanne zusammen bei ihren Eltern.

Susannes Mutter kochte sehr gut und es war auch immer ein bisschen feierlich.

Susannes Schwester war älter als sie und von ihr und ihrem Mann, konnte man auch ein wenig lernen, sie waren ja schon verheiratet und über die Probleme und so.

Nach dem Essen hatte der Mann von Susannes Schwester spontan die Idee irgendwo hin zusammen in ein Café zu fahren. Darüber war ich sehr erfreut, denn das gab mir das Gefühl zur Familie zu gehören, er einfach der Ehemann von Susannes Schwester und ich der Ehemann von Susanne.

Es war ein lockeres Zusammensein. Und nach dem Kaffee fuhren wir noch ein paar Kilometer durch die Gegend und gingen dann, als wir wieder daheim waren jeder in seinen Bereich des Hauses.

Susannes Zimmer war klein, um den Sozialen Kontakt mit Ihrer Familie aber nicht überzustrapazieren zogen wir uns dort hin zurück. Wir quasselten über unsere Bekannten und allerlei anderes Zeug.

Gegen Abend machten wir uns beizeiten
auf den Heimweg in die WG. Wir gingen
frühzeitig zu Bett, weil Susanne am nächs-
ten Tag früh am Morgen in ein Seminar zur
Uni musste.

Ich schreckte kurz auf als der Tagtraum
verflog und legte den Hörer wieder in die
Gabel. ‚Meine Frau', dachte ich, ‚ja, meine
Frau.'

21

„Denken Sie Herr Ehrlich ist dazu in der
Lage seine Freundin zu   ermorden?",
wandte sich der Schöffe an den Gerichts-
mediziner.

„Ich denke, Herr Ehrlich ist dazu in der
Lage", antwortete dieser.

Viel mehr als diese beiden Sätze hatte ich
in der Hauptverhandlung nicht wahrge-
nommen.

Zynismus, Unfähigkeit oder Absicht? Was
hat diese Behauptung überhaupt mit meiner, wenn auch gescheiterten, Beziehung
zu meiner Freundin zu tun?

22

Ich war bereits einige Monate im Maßregelvollzug als ich ans Telefon gerufen wurde. Meine Mutter war am Apparat und sagte mir Martin hätte bei ihr angerufen und nach mir gefragt. Sie sagte er würde gleich anrufen. Ich verabschiedete mich von Ihr und tatsächlich klingelte nach einigen Minuten das Patienten-Telefon. Es war Martin. Freude und gleichzeitig Beschämung.

„Du Martin, die haben mich ins Irrenhaus gesperrt", sagte ich Ihm.

Ich soll mir keine Sorgen machen. Er würde mich bald besuchen.

23

Das erste mal als ich Susanne wieder getroffen habe, war schon, nachdem ich einige Monate aus dem Maßregelvollzug entlassen war. Sie wirkte auf mich, als sei sie unglücklich.

Ich war erschreckt stehen geblieben, sie blieb auch stehen und stand dann abwartend ein paar Meter von mir entfernt, ging

dann aber gleich weiter. Sie hatte eine Ni-
kon Kamera bei sich. Was für ein Zufall,
mit so einer Kamera hatte ich sie einmal
als Model fotografiert. Ich sagte ihr damals, dass ich ein hervorragendes Ge-
dächtnis hätte und ich mich sicher noch in
vielen Jahren an diese Foto-Session erin-
nern würde.

Ein anderes Mal begegnete ich Ihr in einem
regen Fußgängergewirr. Da sah sie noch
unglücklicher aus. Diesmal blieb nur ich
stehen. Susanne ging zu erst normal weiter,
fing dann aber plötzlich an davon zu rennen. Ich wusste nicht warum, schüttelte nur
den Kopf und setzte meinen Weg in die
andere Richtung fort.

24

Der Spätsommer ist vorbei. Der Winter ist
gekommen und es ist der 31.12.1999.

Martin hatte ich einmal, als wir in der WG
zusammen gesessen haben erzählt – das
war im Sommer 1983 – das ich es bis zum
Jahr 2000 geschafft haben würde.

Ich war schon die ganze Woche über auf-
gekratzt und nervös. Alle Versuche an die-

sem geschichtsträchtigen Tag mit Menschen die ich mag zusammen zu kommen waren gescheitert.

Nur so eine Irre, die ich aus dem Irrenhaus kannte hatte mir angeboten mit mir zusammen zu feiern. Nichts gegen diese Frau, aber die sah so furchtbar aus und verhielt sich so dämlich und das war der Tag, an dem ich Bilanz ziehen musste und mir wäre es recht gewesen, wenn er wenigstens den Anschein eines bisschen Glanzes gehabt hätte.

Die ganze Welt feierte. Von San Franzisco nach New York, über Paris, Berlin und Moskau bis nach Sydney in Australien und die Menschen standen in den Straßen, auf den Plätzen und sogar den Dächern und jubelten und feierten – und ich war alleine.

Ich dachte, ich lege mich ins Bett und schlafe einfach ein und werde in einem neuen Jahrtausend wach.

Aber da war die Abrechnung, die Bilanz. Es ist da, das Jahr 2000 und ich habe nichts, aber auch gar nichts geschafft.

Und da war Susanne. Meine Freundin Susanne. Die Susanne von damals, nicht die Susanne von heute. Die Susanne, so wie sie mich verließ. Das nette, kecke Mädchen von damals, das sich gerne an mich schmiegte und kuschelte und das Mädchen, das intelligent und gescheit war und mit dem ich stundenlang debattiert und diskutiert hatte. Und die wunderschöne junge Frau.

Um kurz vor Mitternacht zog ich mich an, ging in die erst beste Kneipe, bestellt mir eine Flasche mexikanischen Rum und wartete und wartete.

Und sie kam, die Stunde Null und das neue Jahrtausend. Und während sich die Welt Prost Neujahr wünschte schossen mir Hunderte vielleicht Tausende Bilder von damals, von mir und von meiner Susanne durch den Kopf.

Und als die Silvesterraketen endlich alle verschossen zu sein schienen fragte ich mich leise und müde, wann werde ich endlich noch mal in die Zukunft schauen können und nicht mehr in die Vergangenheit blicken müssen?